JN057565

神様のヒントでキャラメイク大成功！

Kamisama no hinto de Kyara meiku Daiseiko!

魔法も生産も頑張ります！

Maho mo Seisan mo Ganbarimasu!

3

まるぽろ
著

登場人物紹介
朝《あさ》倉《くら》朔《さく》
駆け出し内科医だったが、十五歳になって異世界に召喚される。レベルアップごとにステータスが爆上がりする成長チートの持ち主。
リト
オークとリザードマンのハーフ。朔の仲魔。

シン
フクロウの魔物。
朔の仲魔になる。
オリヴィア
SSランクの
錬金術師。
伯爵位を持つ
貴族でもある。
ヒトミ
朔を待ち続ける
謎の少女。
ナタリア
元冒険者ギルドの
副ギルドマスター。
エルフで、メガネは伊達。
ミラ
オリヴィアの義娘。
雪女族のため、
火を扱うのは苦手。

目次

第一章　旅立ち

駆け出し内科医の朝倉朔《あさくらさく》は、神様から助言をもらい、レベルアップするたびにステータスが爆上がりする『成長チート』を手に入れ、そして十五歳に若返った状態で異世界へ召喚された。

異世界では、フクロウの魔物『シン』とオークとリザードマンのハーフ『リト』を仲魔にし、SSランクの錬金術師オリヴィアの弟子となる。また、スタットの街の冒険者ギルドで働いていたナタリアと、オリヴィアの義娘ミラと結婚の約束を交わす。

そして朔は、皆とともに一度王都を離れ、旅に出ることにした――


「では老師、行って参ります」

「ああ、気をつけて行ってきな。これは餞別《せんべつ》だよ」

出立の日の朝、朔たちはオリヴィアの屋敷の正門にいた。朔が深く下げていた頭を上げると、微《ほほ》笑《え》むオリヴィアが分厚い二冊の本を差し出していた。

「これは？」

「薬やポーション類の上級レシピさね。お前が律儀《りちぎ》にも初級分の残りを作り上げたからね。旅の助けになるだろうよ。それについては期限はつけないから、ゆっくりやりな」

朔はこの二週間の間に、宰相のクリフから受け取った素材や薬草屋で保存されていた時期はずれの薬草類を使い、スタットの街でやり残していた薬やポーション作りを行《おこな》っていた。錬金術師が本来秘匿《ひとく》とするはずのこのレシピは、朔に対するオリヴィアからの褒美《ほうび》である。

「老師、何から何まで本当にありがとうございます。新しい馬車の製作まで手伝っていただいたのに……」

「馬車に関しては、お前が手伝わせたんだろうが」

「あはは。それもそうですね」

朔は旅の前に新しい馬車を製作していた。

それは、骨組みに重くて丈夫な魔鉄を使用し、壁面に軽くて魔法との親和性が高いミスリルやトレントという木の魔物の素材を使用したものである。さらに、オリヴィアに頼み込んで空間拡張の魔法を付与してもらっていた。

見た目は、普通よりも横幅が少しだけ大きく、御者席《ぎょしゃ》が広く、重心がやや低い十人乗り程度の四輪の箱馬車である。

馬車作りの経験があったガルム（朔がバームクーヘン型の風呂桶を注文した髭面《ひげづら》の鍛冶魔法使い）とともに「あーでもない、こーでもない」と試行錯誤を重ねて作り上げたコイルスプリング式のサスペンションを搭載している。また車輪には、水風船を作る際に使用したゴムのような弾力性のある素材を元にした、簡易なタイヤを巻いていた。

なお、コイルスプリングの仕組み自体は自由に使用していいと、朔はガルムに話している。ただし、使用した合金のレシピは朔オリジナルのものであり、そちらは伝えていない。

さらに、朔による重量軽減の魔法が付与された結果、最大積載量が十トンを超え、三十人以上が生活可能であるモンスター馬車が完成した。

そして、それを引くのは二頭のアークホースという馬のようなEランクの魔物である。その名が指す通り、サラブレッドよりも二回りほど大きく、力強い体躯《たいく》を持つ。パストゥール公爵家のカミュとリィナから感謝の言葉とともに贈られた、先日の治療とレシピの対価である。

「では改めて、老師。行ってきます！」

朔は再度オリヴィアに挨拶《あいさつ》をした。

「オリヴィア様、行って参ります」

「オリヴィア、行ってくる。また連絡する」

ナタリアは優雅に頭を深く下げ、無表情ながらも目をわずかにうるませたミラが続く。

「クックー♪」（ばあちゃんまたねー♪）

「フゴゴッ♪」（婆上、またねです♪）

「「「「お世話になりました！」」」」

さらに、シンとリトが元気よく鳴き、最後に朔をサポートする冒険者パーティ『ラッキーフラワー』の面々が一斉に頭を下げた。

「……ああ、気をつけてな」

オリヴィアは短く答えて手をひらひらと振っていた。朔たちは背筋を伸ばして馬車に乗り込み、ラッキーフラワーたちは護衛らしく徒歩のまま前後につく。

「ハロルドさん、お願いします」

「かしこまりました。イアン、トウカ」

ハロルドとは、イアン（雄《オス》）とトウカ（雌《メス》）というアークホース二頭の主であり、サモンス（パストゥール公爵家の執事）の次男である。サモンスの強い勧めで、彼は朔の家臣となった。

彼が声をかけると、イアンとトウカはゆっくりと歩き出した。

アサクラ男爵家の紋章である月が描かれた紋章旗とパストゥール王国旗を靡《なび》かせて馬車が進む。

そして、ラッキーフラワーたちもまた歩きはじめる。下に着ている服は古着であるものの、彼らの装備は貧乏冒険者のそれから一新されており、見た目はわからないように細工をしてあるが、王国の正規兵よりも数段上のものになっていた。

　上級剣士のカインは、ミスリルと魔鉄の合金でできた肉厚・幅広・片刃の刀身が長い両手剣を背負い、ミスリル製のショートソードを腰に下げている。また、視界を妨《さまた》げない合金製の兜《かぶと》に、ミスリルとオーガという魔物の革でできた軽鎧《けいがい》、籠手《こて》、STR強化のバングル、中底に薄いミスリル板を仕込んだブーツを身につけている。

　上級盾士のキザンは、合金製の大盾を背負い、同じく合金製の肉厚・幅広・両刃の刀身が一メートル強のグラディウスを腰に下げている。そこに、視界をできるだけ確保したフルフェイスに近い合金製の兜。合金及びカープキングの鱗《うろこ》で製作したラメラーアーマーと呼ばれる金属片を革紐《かわひも》で繋ぎ合わせて作った鎧（フルプレートは動きにくく、何より暑いという理由で却下された）。そして、カインと同じ籠手《こて》、VIT強化のバングル、ブーツという装備だった。

　上級軽戦士のツェンは、本格的に二刀流を目指すということで、ミスリル製の片刃で湾曲したやや短めの刀身のカットラスと、両刃で波打った短い刀身のパリングダガーを腰に下げている。防具は動きやすさを優先し、合金製の鉢金《はちがね》と、胸部・腹部・背部に合金を使用し、他の部分は伸縮性が高く丈夫なブラックサーペントと呼ばれる蛇の魔物の皮を使用した軽鎧。さらに、籠手《こて》、AGL強化のバングル、ブーツという装備に、投擲《とうてき》用のナイフを入れる革製のホルダーベルトを肩から斜めに巻いている。

上級探索者であり、紅一点の猫獣人であるバステトは、ナタリアからレイピアと弓を本格的に習いはじめたため、合金製のレイピアを腰に下げ、ミスリル製の短弓と矢筒を背負っている。防具はツェンと同じく動きやすさを優先し、合金製の鉢金《はちがね》に、胸部・腹部・背部にミスリルを使用した軽鎧。右前腕に籠手《こて》、AGL強化のバングル、左前腕には籠手《こて》と一体になったミスリル製のスモールシールド、それにブーツという出で立ちである。ちなみに、背部の装甲は腰のやや上部までしかなく、尻尾《しっぽ》が出る部分を確保している。

上級魔術師のタンザは、魔法杖を右手に持ち、とんがり帽子（朔の趣味）、火山に住む火鼠という耐火性に優《すぐ》れた魔物の毛とミスリルの糸を編んで作ったローブを身にまとっている。そして、MAT強化のバングル、皆と同じブーツを履いていた。彼は収納袋を腰に下げており、その中には多少の保存食と朔が製作した様々な魔導具類が入っている。

また、彼らの装備の胸部には月の紋章と杜若《かきつばた》のマークが描かれている。朔は、揃いのヘルメットを作ってそれに描こうと提案したのだが、皆から却下されて諦《あきら》めた。なお、彼らの装備には朔が施した仕掛けがある。

馬車の中では、朔の家臣となったクリフの指揮する暗部にいたイルと、スタットの領主アベルの密偵だったルイが先に乗り込んでいて、朔たちを待っていた。

「お館様《やかたさま》、いよいよ出立だな」

「だから、イルさん。館も土地も持っていないのにお館様って……」

「お館様はお館様だ。旅から戻ったら間違いなく領地を与えられるからな。遅いか早いかの違いでしかない」

「私は領地経営なんてできませんよ」

「お館様が全てを行う必要はない。できる者をこの旅の中で見つけておくことだ。特に家令は見つけるべきだな。もし見つけられないまま戻ったら、間違いなく宰相が用意した者を雇う羽目になる」

「……それは嫌ですね。でも、イルさんがいるだけでかなり心強いです（宰相のクリフさんへの貸しが一つ減ったけど、信頼できる人が近くにいてくれるのは嬉しいね）」

イルはダンジョン攻略の功績により、別の部隊の隊長に昇進させられそうになっていた。しかし、クリフから何をしたいか尋《たず》ねられた際に、朔が将来領地を持つのであれば、諜報《ちょうほう》部隊の基礎作りを手伝いたいと答えたところ、すぐに暗部を辞めて朔の家臣になれと命じられたのであった。

さらに、ルイの方はというと――

「お館様！　私もいるであります！」

「ルイ、飯のためについてきたお前が心強いか？」

朔が男爵になったことを知ったアベルから、ルイを家臣として使ってほしい旨の手紙が届き、それを朔が受け入れていたためだった。

「イル様、ひどいですよ。一番目は、アベル様が心配していた、イル様が宰相と悪巧みをしていないかの監視のため。二番目は私自身が強くなるため。美味《おい》しいご飯は三番目であります！」

「……貴様」

ルイの歯に衣着せぬ物言いに、イルはかなりイラッとした。だが、ルイにしてみれば、隠しておくよりも先に言っておいた方がいいと判断した結果であり、さらにイルを信用しているからこそである。

朔はルイの意図を察し、微笑《ほほえ》みを浮かべて彼らに声をかける。

「まあまあ、イルさん。アベル様からの手紙には、アホらしいのは言動だけで能力は高いから好きに使っていいって書いてありますから。とりあえずはイルさんの部下ってことで。それに、貴族が街に到着するときは先触れの使者を出す慣習があるそうなので、その役目をしていただきましょう。あと、アベル様がイルさんを信用してないとかではなくて、クリフ宰相を警戒しているだけですからね」

「……む、お館様がそう言うのであれば」

「承知しました！　またおにぎりが食べたいであります！」

しぶしぶといった様子で引き下がったイルだったが、ルイの元気いっぱいの発言に、眉間《みけん》にしわを寄せる。

「先触れに行ってもらうときは、お弁当を準備しますね」

「具は塩鮭がいいであります！」

「色々種類があるから楽しみにしてください」

「……」

ルイのことが嫌いなわけではないのだが、真面目《まじめ》なイルは気安い態度の彼にイライラしてしまうのであった。

それからも、朔たちが賑《にぎ》やかに話をしていると、馬車は町の内門を通って大きな馬車道を進み、西側の外門へと辿《たど》り着く。そこには、今回またともに旅をすることになった暗部と密偵の面々――アル、ウル、ライ、ロイ、そしてイルとルイが抜けた穴を埋めるために騎士団と魔法兵団それぞれから派遣された者たちが待っていた。

朔が馬車から降りたタイミングで、新顔の二人が朔に対して敬礼する。

「アサクラ男爵、本日付でダンジョン調査部隊に着任しました、王国騎士団所属のロジャーと申します。サブパーティのタンクと補助的な回復師を務めます。以後よろしくお願いいたします！」

ロジャーは男性の騎士で、茶髪茶眼、身長は百八十程度の偉丈夫《いじょうふ》である。旅ということでやや軽装ではあるが、金属製の大盾を背負い、メイスを持っている。

「同じく魔法兵団所属のエマです。得意属性は火・風、後衛アタッカーを務めます。よろしくお願いしますわ」

エマは、ツインテールにした赤髪の女性の魔術師であり、右手には魔法杖を持ち、魔法兵団の制服の上に薄手のマントを羽織《はお》っていた。

「ロジャーさん、エマさん、よろしくお願いします。アル隊長、ウルさん、ライ隊長、ロイさん、これからもよろしくお願いします」

アルたちと挨拶《あいさつ》を交わした後、朔たち一行は順番を待って西の外門を出る。朔は貴族のため、荷物検査もなく、商人たちに比べるとスムーズに外に出ることができた。

無事に街を出てから、朔はハロルドに馬車を道の脇に停めてもらい、馬車の後扉を開ける。

「皆さん、馬車の中へどうぞ」

アルたちが怪訝《けげん》そうな顔をしながらも馬車の中へと入ると、そこには広々としたリビングが存在していた。

「「「「「なっ!?」」」」」

内部を初めて見たアルたちが驚きで固まっている中、既に知っているラッキーフラワーはすたすたと入り、カインとキザンは装備を替えはじめる。街中《まちなか》で民衆に紛《まぎ》れた刺客に襲われる可能性を考慮した朔の指示により、二人はフル装備をしていた。だが、これからは魔物がほとんど出ない主要街道であるため、軽装に着替える。こちらも朔の指示だった。

朔のことを理解しているアルたちは再起動が早かったが、ロジャーとエマはまだ固まっており、その姿を見たカインが心の中で呟《つぶや》く。

（うんうん。やっぱりそうなるよね。最初は僕たちもそうだったよ）

全員で挨拶《あいさつ》を交わした後、朔はアルたちをイルに任せ、ナタリアたちを連れて御者席に向かう。

「私たちが代わりますから、ハロルドさんも中に入ってくつろいでいてください」

「本当によろしいのですか？」

ハロルドが申し訳なさそうに尋《たず》ねるが、朔はきっぱりと伝える。

「もちろんです。せっかくの旅なので外をじっくり見たいと思いまして。それに、イアンとトウカとも仲良くなれましたしね」

「サク様がそうおっしゃるのであれば、私は構いませんが……」

ハロルドが馬車の中へ入ると、広い御者席の前列の右に朔、左にミラが座り、手綱《たづな》を持つ。朔の後ろにナタリア、その隣にリトが座り、シンは朔の右肩に留まってうとうとしはじめた。

朔がこのような馬車を作った一番の理由は、この状況を作るためであった。護衛たちは馬車の中にいてもらい、大好きな皆と景色を眺め、のんびり話をしながら旅をする。朔の理想に近い旅の形であった。

「じゃあ、行こうか。イアン、トウカ、よろしくね」

朔が声をかけると、二頭の馬は楽しそうにいないないた。


「風が気持ちいいにゃ〜」

朔たちの馬車がゆっくり——とはいっても、他の馬車よりも倍近くのスピードで進む中、御者席の日除けの縁に腰かけたバステトが足をぷらぷらさせていた。彼女はブーツを脱いで足を動かしているため、朔たちからはぷにぷにした肉球が見えている。特にシンは肉球が気になるようで、朔の肩に留まったまま、顔だけをくるくると動かしてそれを見つめていた。

「バス、足が邪魔」

ミラがバステトに文句を言うと、バステトは体の向きを変えて足を引っ込め、今度は長く、しなやかな尻尾《しっぽ》を垂らして、ゆらゆらと動かしはじめる。

すると、顔を動かして距離を測っていたシンが前傾姿勢を取り、羽をゆっくりと広げたので、朔がバステトに声をかける。

「バス、シンに尻尾《しっぽ》が狩られちゃうよ？」

「にゃ!?」

バステトは間一髪、シンが飛び立つ瞬間に尻尾《しっぽ》を引き上げることができた。シンは、バステトの尻尾《しっぽ》があったところを勢いよく通過し、そのまま上昇すると、空を周回した。やがて、何かを見つけて一気に滑空《かっくう》し、足に獲物を捕まえて戻ってきた。

シンが捕まえたのは、二羽の穴兎《あなうさぎ》だった。朔はアイテムボックスを起動してから、シンに声をかける。

「シン、これに向かって投げなー」

「クッ♪」（あい♪）

シンはアイテムボックスに向かって穴兎を投げる。高レベルのシンに捕まえられた穴兎はすでにこと切れており、すんなりアイテムボックスへと吸い込まれていった。

朔は肩に戻って喉《のど》を鳴らすシンを撫《な》で回す。

「シンは狩りが上手だね。今日の晩ご飯はこの穴兎でシチューにしよっか。レバーソーセージも作るからね」

「クックックッー♪」（ソーセージ好きー♪）

ひとしきりシンを撫《な》でた朔は後ろを向き、今度はナタリアに声をかける。

「リア、スタットでも教えてもらったんだけど、向かう先の地理についてもう一度教えてくれないかな？」

朔に続いてシンを撫《な》でていたナタリアは、呼吸を整えてから説明を始める。

「何度でも構いませんよ。まず、この大陸は南北よりも東西に長い形をしていまして、大陸の中央部には広大な魔の森が広がっています。魔の森から見て東部及び北東部の大部分はパストゥール王国が治めておりますが、他に複数の都市国家も存在しております。本神殿がある聖光教国《せいこうきょうこく》は、パストゥール王国の北、大陸北部を治めるスノーフィル大公国の東にある都市国家ですね。また、聖光教国にはダンジョンがあります」

「ありがと。ダンジョンって速《すみ》やかに攻略するよう、国家間の協定で取り決められてるんじゃなかったっけ？」

「その通りです。しかし、ダンジョンは脅威《きょうい》ではありますが、貴重な資源を産出し、兵の訓練場所でもあるため、『攻略中』ということになっていますね」

「……もしかして、この前のダンジョンを攻略したのはまずかったのかな？」

「いえいえ、五大国ともなると早々に攻略することで力を示すのが一般的です。ダンジョンはゆっくりとしか成長しないため、待つ理由はほとんどありません。手早く攻略して、後から発掘隊などを派遣した方が資源回収の効率はいいのです。それに、ダンジョン都市を築くのは莫大な費用がかかりますからね」

「そっか、それならよかったよ」

焦《あせ》りを感じて少し冷や汗をかいた朔だったが、ほっと安堵《あんど》のため息をつく。すると、今度は逆にナタリアが尋《たず》ねる。

「途中で立ち寄ることになる、この国のダンジョンはどうするのですか？」

「うーん、あんまり乗り気がしないから、早く教国に行きたいかな。みんなはどう？」

「サクに任せる」

「クックッー♪」（どこでもいいよー♪）

「フゴッ♪」（僕もです♪）

「じゃあ、教国に決定で。あっ、鳥の群れだよ。大きいのに、飛ぶのがかなり速いね」

朔が指を差すと、皆もそれにつられて空を見る。そこには、口に大きな袋がついたような白い鳥が綺麗《きれい》な隊列を組んで飛んでいた。

「あれは、ペンカビリンですね。夏の間はかなり北の方にいるのですが、北の短い夏が終わると、越冬のため南に来て、のんびり時間をかけて子育てをするようです」

「へ～、いいなあ。俺たちもそんな生活が早くしたいね」

「ひゃい!?」

「楽しみ」

朔が言った言葉を『早く子育てがしたい』という意味だと早とちりしたナタリアは奇妙な悲鳴を

上げ、あえてそういう意味に取ったミラは朔に微笑《ほほえ》む。一方の朔は、皆で過ごすスローライフに思いを馳《は》せるのであった。


朔たちが目的地を決めて雑談を始めた頃、馬車の中では……

「お風呂上がりの冷たいフルーツ牛乳は最高ですわ！」

魔法兵団のエマが風呂から上がり、ぐびぐびと朔が作ったフルーツ牛乳を飲んでいた。

「エマは順応するのが早すぎだろう。服がはだけている上に、フルーツ牛乳で口元が白い髭《ひげ》が生えたようになっているぞ」

その姿を見た王国騎士団のロジャーが声をかけたが、エマは恥ずかしがる様子もなく、ハンカチで口周りをぬぐってから答える。

「ロジャーは頭が固すぎですわ。こんな快適な旅になるとは思ってもいませんでしたもの。まるで高位貴族にでもなった気分ですわ」

「高位貴族でも、こんな馬車を持っている方はいないと思うがな」

「確かにお風呂、冷蔵庫、水魔法を利用した洗濯機に、風魔法と火魔法を利用した乾燥機、風魔法を利用した掃除機など、興味深い魔導具がたくさんある馬車なんて聞いたことがありませんわね。王都に戻るまで何年かかるかわからない部隊に配属されると聞いたときは泣きたくなりましたけれど、こんな生活が送れるのなら、むしろラッキーでしたわ」

馬車の中には、朔が好き放題に作っていた魔導具類が多数あった。使い方を習ったハロルドが毎日掃除や洗濯をしており、二人はその奇妙な魔導具類に興味津々《しんしん》であった。

「まあ、訓練も怠《おこた》るなよ」

「あの部屋には二度と入りたくありませんわ」

「それは俺もだ」

ロジャーはすっかり気が緩《ゆる》んでいるエマに注意するが、先刻まで行《おこな》っていた訓練を思い出し、げんなりした様子で同意した。

エマとロジャーが言う部屋は、リビングがある階を馬車の一階とするならば、地下一階に位置する。朔が重力魔法を付与した部屋であり、壁に取りつけられた魔石に触れて魔法を発動することで部屋の内部にいる者に対して重量五倍の重力魔法がかかる。

今、その部屋の中では、カイン、キザン、ツェンの訓練が、まずはジョギングから行われていた。

(おも……きつ……)

(……涼しい、顔……しやがって)

(……これは無理っす)

重力魔法の効果は、STR《力の強さ》だけでなくMDF《魔法防御力》でも抗《あらが》うことが可能である。……が、STRもMD

Fも高くないツェンはほとんど動けず、カインとキザンでもかなりきつい。なお、バステトとタンザは入ってすぐに諦《あきら》めた。

「お前ら！　ちんたら走るな！」

「ライ殿、隙《すき》だらけだぞ？」

ライがカインたちに指示を出すと、彼と対峙していたアルがその隙《すき》をついて剣を振るい——

「これはいい訓練になるな」

「いやいや、きついですよ」

ウルとロイは淡々と訓練をこなし——

「お館様に言ってもっと強い部屋も造ってもらうか」

「ドMであります！」

「……貴様」

イルとルイはぎゃあぎゃあと騒ぎながらも、この環境を楽しむように稽古《けいこ》をしているのであった。

同じ頃、荷馬車に乗って、一人のやや細身の男と、身体中に鞭《むち》の古い傷跡がある一匹のオークが南へと進んでいた。

「はあ……アサクラ男爵たちは大丈夫だろうか」

「フゴッ？」（なんだ？）
男が思わず呟《つぶや》いた独り言にオークが反応した。男は手話で答えた。
――なんでもない。
オークはそれを見て頷《うなず》く。
「フゴ」（そうか）
朔たちと大きく異なり、彼らはほとんど会話をせずに、目的地を目指していた。

■

朔たち一行はいくつかの宿場町を通りすぎ、北西方向に伸びる街道を進んでいた。

現在はダンジョン都市の南、王都の西、スタットの北にある交易都市セルタの百キロほど手前にいた。左手には森、右手には平原が広がっている。

前日から雨がしとしとと降り続き、道がぬかるんでいるため、いつもより速度を落として進んでいる。すると、突然ナタリアが左手にある森を見つめ、耳をぴくぴくと動かした。そして、御者席に垂れている紐《ひも》を三回引っ張りつつ、朔に告げる。

「サクさん、何者かが魔物に追われているようです」

「ありがとリア。ミラ、馬車を停めて」

「ん」

ミラが手綱《たづな》を引くと、イアンとトウカは速度を落とし、馬車は停まる。すぐに軽装備に雨具（ポンチョのような革製のマント）を装備したアルたちに続いて、ラッキーフラワーの面々も外に出てきた。

アルらは阿吽《あうん》の呼吸で素早く散開して索敵に向かい、カインは指示を出す。

「タンザ、バステトは馬車の屋根に。キザン、ツェンは待機」

キザンたちはカインの指示に従い、各々《おのおの》が四方に目を光らせる。次に、ロジャー、エマ、ルイ、ハロルドが御者席まで来て武器を構え、イルは屋根に上って森を見つめているナタリアに尋《たず》ねた。

「非常用のベルが鳴りましたが、何かありましたか？」

「もうすぐ森から出てきます。あれは……サーベルラットの群れです！」

ナタリアが叫《さけ》ぶのとほぼ同時に、森から二人の冒険者が飛び出してきた。二人のうち体格のいい方の男は小柄な女性を背負っている。そして、二人を追いかけて、長く鋭い前歯を持ち、中型犬ほどの大きさがあるネズミの群れも森から出てきた。

懸命に走っている冒険者の一人——女性を背負っていない方が、朔たちに気づいて叫《さけ》ぶ。

「逃げろ！　魔物の群れだ！」

「援護する！　馬車の後ろまで走り抜けろ！」

朔は大声で答えると、火玉を六つ生成してそのまま維持した。

「サジはシンシアを！」

「ガストロさん！」

「行け！　お前らを助けられなかったら、ダンに申し訳が立たん！」

しかし、先ほど朔に叫《さけ》んだガストロと呼ばれた男は、朔の火玉を見る前に反転し、魔物の群れを迎え撃つ構えを取った。もう一人のサジは、女性を背負ったまま、下を向いて走り続ける。

「貴族を巻き込むなんて最悪だ。ダン、すまん」

死ぬ覚悟をしたガストロは、構えた剣に力を込める。そこに、何者かの声がした。

「感傷に浸っているところに悪いが、お館様の邪魔だ」

「おおお!?」

「暴れるな。急ぐぞ。巻き添えを食らう」

状況を確認した瞬間に走り出していたイルは、既にガストロのそばにおり、有無を言わさず彼を左肩に担《かつ》ぎ上げる。そして、土操作の杖で横に広い落とし穴を作ると、すぐに馬車の方へ走り出した。もの数秒でサジたちに追いつき、彼が背負う女性を右手で抱え、加速する。

「え？　え？　え？」

「焼かれたくなければ急げ」

「ええええええええ!?」

イルが、馬車の上にいる朔が作り出した火玉を視線で示す。それを視認したサジは、声を上げながらも気力を振り絞《しぼ》って速度を上げた。

「イルさん、グッジョブ！」

彼らの様子を確認した朔は、イルに向かって親指を立ててから、維持している六つの火玉にさらに魔力を込める。

(雨も降ってるし、大丈夫だろ。ナパーム弾みたいに、着弾したあと広範囲に広がるイメージで……行け)

「カイン！　先頭の生き残りを殲滅《せんめつ》して。前に出すぎないようにね！」

朔は指示を出しつつ火玉を射出する。それらは魔物の群れの中央に着弾し、豪炎を上げて広がり、群れのほとんどを焼き尽くした。

「……うん。無問題《モウマンタイ》。カイン、後は任せたよ」

「……キザン、ツェン、行くよ」

「ほとんどいねえじゃねえか！」

「加減を覚えたほうがいいっす！」

カインたちは文句を言いながらも、武器を構えてわずかな生き残りのもとへと駆け出した。朔は、そそくさと屋根から下りようとしたところ、ナタリアに捕まる。

「サクさん、ツェンさんの言う通りです。あやうくイル様たちまで巻き込むところでした。猛省してください」

「はい。ごめんなさい」

「それと、まだ終わっていませんので、戦闘態勢を解かないように」

「はい。ごめんなさい」

朔が怒られている間にも、カインたちはサーベルラットへ剣を振るう。

「身体が軽いって素晴らしい！」

「何匹でも来やがれ！　挑発！」

「剣の切れ味もヤバいっす！」

カイン、キザン、ツェンは生き生きとした動きで、瞬《またた》く間に生き残りを殲滅《せんめつ》した。三人が息があるものに止《とど》めを刺していると、アルたちが巨大なネズミを一匹引き連れて森から出てきた。カインたちを確認したライが彼らに叫《さけ》んだ。

「坊主ども追加だ！　大狼と同じEランクだぞ！　今度はやられるなよ！」

「え、あのときも見られてたの？」

「ちっ！　やってやるよ！」

「おいらたちも成長したっす！」

素早く隊形を整えてから、カインは指示を飛ばした。

「タンザ！　バステト！　撃って！」

「隊長たちが前にいますよ？」

指示を受けたタンザは少し困惑した様子で尋《たず》ねるが、カインがきっぱりと告げる。

「当てるつもりでいい！」

「ひゃっはーー！」

「了解にゃ！」

タンザは意気揚々と全力で大きな火玉を放ち、バステトは短弓を引き絞《しぼ》って矢を放つ。アルたちが当たる直前で左右に分かれると、それが目隠しの役割を果したため、火玉と矢が大鼠に直撃した。しかし、大鼠は多少たじろいだものの、炎に焼かれ矢が肩に突き刺さったまま、甲高《かんだか》い雄叫《おたけ》びを上げて突っ込んでくる。

「プイイイイイ！」

「来いこらあ！　挑発！　（重力魔法起動！）」

キザンは大鼠に挑発をかけて大盾を地面に刺し、その大盾に付与されていた重力魔法を発動させ、衝撃に備える。

挑発された大鼠はまっすぐキザンへと突進する。だが、五百キロを超える重さの鉄塊《てっかい》となった大盾を構えるキザンは、二百キロそこそこの大鼠のぶちかましにも耐えた。一方の大鼠は岩に激突したかのように、痛みで転げ回る。

「はあああああ！　重・力（発動！）・斬！」

そこに、カインが重力魔法を発動させた大剣を振り抜いた。

それは大鼠の首を断ち切り、地面へとめり込む。

なお、重力斬というのはスキルではなく、重力魔法を起動するタイミングを取るためにカインが勝手に言っているだけである。

「おいらだけ出番がないっす！」

「ツェン、大鼠の解体は頼んだよ」

「地味っす……」

がっくりと頭を下げたツェンとともに、アルたちやラッキーフラワーたちが事後処理を始めた。

一方の朔は、助けた冒険者たちに近づいていく。彼に気づいたガストロは、はっと顔を伏せ、ぬかるんだ地面に膝をついた。

「私は冒険者のガストロと言います！　巻き込んでしまい、申し訳ありません！」

「ガストロさんですね。私はサク・フォン・アサクラと言います。魔物の討伐も仕事のうちなのでお気になさらないでください。あ、あなたも怪我《けが》してますね。(キュア) ヒール。それより、そちらの苦しそうにしている女性を見せてください」

「シンシアを？」

ガストロの傷を癒《い》やした朔は、サジが背負っていた女性――シンシアのところへ行く。彼女は今、地面に降ろされ、ぐったり横たわっている。

ガストロは朔を呆《ほう》けた顔で見送った。朔はそんなことを意に介さず、心配そうに彼女のそばで名を呼んでいたサジに声をかける。

「シンシアさんの治療をさせていただけますか？」

「え？　あ、は、はい」

突然声をかけられたサジは、わたわたと慌《あわ》ててシンシアから一歩下がる。

朔が彼女の全身を確認すると、細かな擦過傷《さっかしょう》と左手の小指に深い咬傷《こうしょう》があり、また左手全体がひどく腫《は》れ上がっていた。

「噛《か》まれたのはいつですか？」

「今から三、四日ほど前です」

「熱が出たのは？　他に症状はありませんでしたか？」

「今日からです。早朝に突然寒がりだして、一時はよくなったんですが、また……それに、食べたものを吐《は》き出してしまっていました」

「回帰性の発熱に、嘔吐《おうと》。他に気になる点は？」

「魔物に見つかってからは、逃げるのに必死で……」

「そうですか。ちょっと失礼」

サジに問診をしつつ、朔はシンシアの患部を洗浄《せんじょう》しながら丁寧に観察していく。

「これは……四肢《しし》の内側に暗黒色の発疹《ほっしん》か」

（状況から考えると、これはほぼ鼠咬症《そこうしょう》かな。ペニシリンなんてないけど、いざとなればキュアで治せるか？）

「診断」

朔は診察を終え、診断を発動させた。先に診察をしたのは医師としての矜持《きょうじ》もあるが、一番の理由は、診断が全ての病気を明らかにするものではないと思っているからだった。四十代のリーナに診断を使った際に、他の病気が全くないとは考えにくいことから感じていたことである。だから、朔はできるだけ情報を集めた上で使用することを心掛けようと決めていた。

状態：鼠咬症《そこうしょう》（軽度、発熱期）

脈：やや速い
呼吸：浅く、やや速い
外傷：左小指に咬傷《こうしょう》、多数の浅い切創《せっそう》及び擦過傷《さっかしょう》。
治療法：キュアで治せるけど、せっかくオリヴィアから教えてもらったんだし、中級のキュアポーションを使いなよ。

（いつもありがとな、アルス）

《どういたしましてだよ、ハニー♪》

朔は頭の中でアルスに礼を言い、腰に下げた収納袋から中級のキュアポーションを取り出した。はじめに、シンシアの左手の患部を再度清潔な水で洗い、ポーションを少量かける。それから、ヒールで傷を治し、残りのポーションをゆっくりと彼女に飲ませていく。

「はあ、はあ……どなたかは存じませんが、本当にありがとうございます。すごく楽になりました」

彼女はポーションをごくりと喉《のど》を鳴らして飲み干すと、大きく息を吐《は》いてから朔に感謝を述べた。

そして、疲れが溜《た》まっていたのか瞼《まぶた》を閉じてしまった。

（ポーションの効果が出るの早くない⁉）

「よかったです。雨も降っていますし、身体が冷えてしまっているので、馬車の中に入りましょうか。って、寝ちゃいましたね。よいしょっと」

朔が話している間にも、シンシアは寝息を立てはじめた。そこで、朔は彼女を担《かつ》いで馬車に入ろうと立ち上がる。だがそのとき、ガストロが膝をついたまま再度頭を下げた。

「滅相《めっそう》もありません！　アサクラ様を巻き込んでしまったにもかかわらず、助けていただいたばかりか、シンシアのためにキュアポーションまでいただいて、これ以上お世話にはなれません！」

「旅は道連れ、世は情けです。困ったときはお互い様ですよ。温かい食事も用意しますから、風呂に入って身体を休めてください」

ガストロは戸惑《とまど》うばかりであったが、意を決した様子で地面に頭をこすりつける。

「（風呂ってどういうことだ？　いや、そんなことよりも……）アサクラ男爵に無礼を承知でお願いがあります！　どうか、サジとシンシアを町へ送り届けていただけないでしょうか！」

「もちろんそのつもりですが、ガストロさんはどうするのでしょう？」

「ダンを捜しに森へ戻ります」

「ダンさんとは？」

「ダンはシンシアの父親です。サーベルラットの群れからサジとシンシアを逃がすために、一人でおとりになり、まだ森の中に……」

ガストロの悲痛な言葉に、朔は一瞬で決断し、周囲にいた者たちに指示を飛ばす。

「アル隊長たちは、先行して森の偵察をお願いします。イルさん、ルイさん、ハロルドさん、ラッキーフラワーの皆は馬車の近くで待機、サジさんとシンシアさんを頼みます」

号令一下、その場にいた者たちが慌ただしく動き出した。そんな中、アルが朔のもとへと向かう。

「アサクラ男爵はどうされるのか？」

「私たちも、ガストロさんの案内で森に入ります」

「貴族になられたにもかかわらず、一介《いっかい》の冒険者を助けるために森に入ると？」

「民を守るのも貴族の仕事のうちでしょう？　もちろん、拒否していただいてかまいません。そもそも私にアルさんへの命令権はありませんから」

アルの鋭い眼差《まなざ》しに、朔は怯《ひる》むことなくまっすぐ見つめ返した。

十秒ほど見つめ合った後、アルはふっと力を抜く。

「まったく……決意は固いようですな。私たちの任務はあなたを守ることですから、アサクラ男爵が森に入るのであれば、その露払いはお任せあれ」

「アル隊長！　あり――」

「――ただし！　ロジャーとエマをアサクラ男爵におつけします」

朔の言葉を遮《さえぎ》り、アルは有無を言わさぬ強い語気で言い切った。朔はその意見を受け入れ、ロジャーとエマに頭を下げる。

「わかりました。ロジャーさん、エマさん、よろしくお願いします」

「「はっ！」」

胸に右拳を当てて軍隊式の敬礼をするロジャーとエマ。話が終わったところで、そばにいたミラが朔の服の袖を引っ張った。

「サク、私は残って食事の準備をしてる」

「ミラ？　そっか。うん、そうしてくれると助かるよ。あったまるのをお願いしてもいい？」

「ん。……頑張《がんば》る。早く帰ってきてね」

十分もしないうちに準備を整えた朔たちは、ナタリアとガストロを先頭に森へと入る。なお、アルたちはガストロから、ダンのおおよその位置を聞いた上で既に出発していた。

「雨で視界が悪いため、密集して進みましょう。索敵は私とシンちゃんが担《にな》いますので、ガストロ様は道案内に集中してください」

「は、はい」

ナタリアの言葉にこくこくと頷《うなず》くガストロ。あれよあれよという間に、想定とは大きく異なる展開になったため、彼はかなり困惑していたが、必死に自分たちの逃げてきた痕跡《こんせき》を探しつつ足早に進む。

その後ろには、シンを肩に乗せた朔とリト、最後尾にはロジャーとエマがついていた。

「このくらいの速度で大丈夫ですか？」

「フゴッ！」（はいです！）

「問題ありません」

「私も大丈夫ですわ。魔術師とはいえ、基礎訓練は積んでおりますから」

朔の問いに対し、リトは尻尾《しっぽ》を振りながら元気よく答え、ロジャーとエマが後に続く。細い身体とは裏腹に、エマはしっかりした足取りで、雨が降る森の中を走ることができていた。

「皆さん！　右奥と左方向から来ます！」

森を走ること数十分、ナタリアの声が森に響いた。エマとナタリアを中心に素早く陣形を組み、武器を構える。

「ロジャーさん、リト！」

準備が整ったところで朔が指示を飛ばす。ロジャーとリトは、距離を取りながらこちらを囲もうとする魔物の群れに対し、魔力を込めて叫《さけ》ぶ。

「挑発！」

「フゴッ！」（挑発！）

サーベルラットの群れは、挑発によって意思とは関係なく走り出してしまい、木をかき分ける音を立てて朔たちの前に姿を現した。

「リトは挑発をかけ続けて！　シンは奥からこっちに追い立てて！」

「フゴッ！」（はいですっ！）

「クッ！」（あいっ！）

朔は指示を出しつつ、バトルスタッフをコンパクトに振り回し、向かってくる敵を数体まとめて叩《たた》き潰《つぶ》していった。また、リトのレベルでは一度に釣り出せる数は少ないものの、リトは挑発を何度も繰り返し、シンは後方にいるサーベルラットを風鎌で切り刻んでいく。

一方、ロジャーの方には、一度の挑発で数十体のサーベルラットが殺到していた。

「風鎌！」

ロジャーのすぐ後ろで魔力を練っていたエマが、四つの風鎌を放った。それは、数多くのサーベルラットごと森を切り裂いていく。

「お見事です」

エマを称《たた》えたナタリアは二本の矢を番《つが》え、連続で放っていく。正確に身体を貫かれたサーベルラットは、ことごとく絶命していった。

「え……もう、終わったのか？」

結局、大盾とメイスを構えたロジャーは一体も倒すことなく、戦闘は終了したのであった。

その頃、馬車での待機組もまた襲撃を受けていた。先ほど倒した何十体ものサーベルラットはラッキーフラワーが処理をし、地面に穴を掘って埋めたにもかかわらず、その血の臭いを、グラスウルフの群れが嗅《か》ぎつけたのだ。

「カイン、三十七匹だ。行けるか？」

「はい！　タンザ、バステトは馬車上から攻撃！」

イルの問いかけに、カインは力強く答え、すぐに仲間に指示を飛ばした。

「かしこまりました。火玉」

「はい……にゃっ！」

タンザは範囲を重視した火玉を飛ばしてグラスウルフの行動を制限し、バステトは短弓を引き絞《しぼ》り丁寧に放っていく。

「キザンは気を引きつつ防御、僕とツェンで素早く倒す！」

「おうっ！」

「やっと出番っす！」

キザンとツェンは武器を構え、カインの横に並び立つ。武装を新調したことも相まり、彼らに新人冒険者らしさはなくなっていた。

しかし、彼らの気合とは裏腹に、その戦いは思わぬ形で終わることになる。イアンとトウカの活躍だ。

その理由は単純で、朔が重たい馬車を引かせるからと、レベルが最大になるまで二頭に魔石を与えたからであった。

「「ヒヒイイイイイインッ!!!」」

Eランクの最大までレベルアップし、手綱《たづな》と馬車から解放されたイアンとトウカは、平原を縦横無尽に駆け回った。

そしてFランクの魔物であるグラスウルフを、ミスリルと魔鉄の合金でできた蹄鉄《ていてつ》で踏みつけたり、蹴り上げたりしていく。

後ろから迫ったグラスビッグウルフは、トウカの後ろ脚での蹴りによって無残な姿にされていた。

「また出番がないっす!」

「楽でいいにゃ~」

ツェンの叫《さけ》び、そして対照的なバステトののんびりした声が平原に響いた。

■

朔たちが捜索を開始して数時間後、森にある池のほとりの草むらでは、全身泥まみれの大柄な男が高熱に苛《さいな》まれながら、うつぶせの状態で息を殺していた。

(くっ、池に潜ってやつらを撒《ま》いたのはいいが……これは駄目かもな)

彼の名はダン。シンシアの父親であり、朔たちが必死になって捜している男だ。

昨夜から一睡《いっすい》もしておらず、ダンは重くなってきた瞼《まぶた》を必死の思いで開けて、周囲の気配を探り続けていた。

(シンシアたちは逃げきれただろうか……。ガストロは頼りになるし、癪《しゃく》にさわるがサジの野郎がいるから大丈夫だよな……っと、何だ？)

ダンは突然自分の周囲が暗くなったことに違和感を持ち、ごろりと体を半回転させて空を見上げる。視線の先には、舌をちょろちょろ出し、鎌首《かまくび》をもたげる大蛇がいた。

(ちっ……シンシア、最後まで駄目な父親ですまん)

ダンは力を抜き、目を閉じる。

しかし、いつまで経っても大蛇の牙が彼を貫くことはなかった。

不審に思った彼は、目をそっと開ける。すると大蛇の目には、先程までは確かになかった矢が突き刺さっていた。

(なんだ⁉)

「リア、ナイス！　ロジャーさん！」

「挑発！」

声が響いたと同時に、大蛇は目の色を変えてその声がした方へと猛進していった。

「風鎌！　なっ？　この蛇、ＭＤＦが高いですわよっ！」

「うおおお！　シールドバッシュ！」

エマが放った風鎌を食らいながらもスピードを落とさない蛇に対し、ロジャーが大盾で迎え撃った。金属製の大盾で殴《なぐ》りつけられた大蛇は、ふらふらしつつもロジャーを睨《にら》みつけるが、動きは完全に止まっていた。

「好機です！」

ナタリアは、引き絞《しぼ》っていた対大型魔物用の矢を放つ。空気を切り裂きながら飛ぶ矢を、大蛇は全身を捻《ひね》って躱《かわ》す。しかしそこへ、両翼に風鎌を維持し、両足にそれぞれ瓶を掴んだシンが、気配遮断と無音飛行を最大限に発動させて飛び込んでいく。

「クック？」（あれ、バレてる？）

シンが感づいた通り、大蛇は熱感知というスキルでシンを捕捉していた。大蛇は近づいてくるシンを丸呑《の》みにしようと、大きく口を開いて襲いかかる。

「クックク―♪」（残念でした―♪）

シンは閉じられようとしていた大蛇の口をすり抜けて、後方へ向かって加速した。

本当の狙いは風鎌による攻撃などではなかったのだ。

シンはタイミングを慎重に見計らい、両足に掴んでいた瓶を放し――それはダンのそばに落ちた。

「わっ、なんだっ⁉　これは……ポーション⁉」

シンが落とした瓶の中身は、ポーションとキュアポーションだった。

ダンには気配遮断を使ったシンの姿が見えていないため、空から突然降ってきたようなものであったが、弱った力を振り絞《しぼ》って蓋を開け、二瓶とも一気にあおる。

ポーションによる効果は早く、体力と苦しんでいた鼠咬症《そこうしょう》の症状がすぐに和《やわ》らいでいく。

そこへ、ガストロが駆け寄ってきた。

「ダン！　ちゃんと生きてたな！」

「ガストロ⁉　どうしてここへ⁉」

「説明は後だ！　早く離れないと巻き込まれるぞ！」

「はあ⁉」

「いいから走れ！」

ガストロは、ダンの肩を担《かつ》いで無理やり立ち上がらせた。そして、すぐに移動を始めるが、ダンには何がなんだかわかるわけもない。

「ダンさんは無事に離れたね。じゃあ、ちゃんと範囲を絞《しぼ》って……炎壁！」

ガストロがダンのもとに向かったとき、朔は既に大量の魔力を大蛇の周囲に行き渡らせており、二人が離れるやいなや魔術を発動させた。待っている間に溜《た》まっていた魔力により、大蛇は木々よりも高く燃え上がる炎の柱に包まれる。

「キシャアアアアア!!！」

高温の炎にさらされた大蛇は、毒液を撒《ま》き散らして逃げようとするが、ナタリアが放った太く長い矢が飛来した。

「シャ!?」

矢は硬い鱗を貫き、大蛇の身体は地面に縫いつけられた。矢を抜こうと身を捩《よじ》って暴れるが、次々と放たれた矢が容赦《ようしゃ》なく大蛇を貫いていく。

やがて大蛇は焼き尽くされ、黒い跡と魔石だけが、からからに乾燥した湿地の地面に残っていた。

「サクさん？」

「はい、ごめんなさい。相手の強さを確認していなかったので、かなり本気でやりました」

「正解です」

「え？」

「今回に関してはそれで問題ありません。あの大蛇は危険な毒液と高いＭＤＦを持つ、Ｄランクのアシッドパイソン。一度捕まって締《し》めつけられれば、オークでさえも全身の骨を折られて絶命してしまうような強敵です」

そう言ってナタリアは微笑《ほほえ》み、その笑顔を見た朔はほっと胸を撫《な》で下ろすのであった。そんな彼の頭の中にいつもの声が響く。

《レベルが上がりました》

（お、やっぱりDランクは経験値がおいしいね。ステータス）

NAME：朝倉朔
AGE：15（28）
SPECIES：人族
LV：40↑UP！
JOB：上級錬金術師LV23↑NEW！、上級魔術師LV19↑NEW！
仲魔：シン（シャドウオウル）、リト（リザードオークナイト）
ステータス↑UP！
HP：400064／400064＋一（1024）
MP：473488／481888＋一（2048）

ＳＴＲ：５４９＋－(13)
ＶＩＴ：５４７＋－(13)
ＡＧＬ：５６３＋－(13)
ＤＥＸ：７１３＋－(17)
ＩＮＴ：７１９＋－(18)
ＭＡＴ：６９２＋－(18)
ＭＤＦ：５１８＋－(12)
ＴＡＬＥＮＴ：回復魔法の才能、錬金術の才能、魔法の才能、生産の才能
ＳＫＩＬＬ：テイムⅢ、直感Ⅲ、剣術Ⅲ、高速思考Ⅲ、診断Ⅳ、調合Ⅴ、解体Ⅲ、料理Ⅳ、大陸共通語Ⅱ、絶倫Ⅰ、火魔法Ⅳ、意思疎通Ⅱ（仲魔）、恐怖耐性Ⅰ、魔力操作Ⅳ、回復魔法Ⅴ、【神聖魔法Ⅶ：隠蔽中】、魔力精密操作Ⅲ、魔具作成（魔法陣）Ⅴ、杖術Ⅱ↑ＵＰ！、魔力遠隔操作Ⅲ、土魔法Ⅲ、重力魔法Ⅲ↑ＵＰ！、付与魔法Ⅳ、魔具作成（魔法付与）Ⅳ↑ＵＰ！、身体操作Ⅰ↑ＮＥＷ！、鍛冶魔法Ⅱ↑ＮＥＷ！、雷魔法Ⅱ↑ＮＥＷ！、秘薬作成Ⅰ↑ＮＥＷ！、消費魔力減少Ⅰ↑ＮＥＷ！
ＧＩＦＴ：アイテムボックスⅡ↑ＵＰ！、看破の魔眼、伝言板
称号：【聖者、神の友人：隠蔽中】、奇妙な回復師、ダンジョン攻略者（Ｅランク）

残りポイント15

（うん、順調だね。よし、ダンさんって人のとこに行かないと）

ステータスを急いで確認し、ご満悦《まんえつ》の朔であった。

なお、朔は王都での大量の魔導具作りにより、いくつかのスキルが上昇した上、下級錬金術師のレベルが最大まで上がったため、上級錬金術師へとジョブを変更していた。

ちなみに、上級錬金術師は才能値のＭＰに×２、ＤＥＸに＋３、ＩＮＴに＋３、ＭＡＴに＋２の補正がかかり、秘薬作成という薬やポーションの効果を著《いちじる》しく上昇させるジョブスキルも習得可能だった。

また、上級魔術師は才能値のＩＮＴに＋１，ＭＡＴに＋１、ＭＤＦに＋１の補正がかかり、消費魔力減少というＭＰの消費を抑えるジョブスキルを習得できる。

朔がダンの姿を探していたら、ゆっくりした足取りで彼とガストロが近づいてきていた。

「アサクラ男爵、この度は本当にありがとうございました。おい、ダン」

「俺はダン……です。シンシアを助けてくれたと、こいつから聞いた……ました。ありがとうございます」

ガストロに肘《ひじ》で小突かれ、ダンはたどたどしい口調で感謝を告げた。スキンヘッドで強面《こわもて》のおっさんである彼のその姿に、朔は思わず笑いがこみ上げてしまう。

「あはは、普通に話していただいて構いませんよ。私はサク・フォン・アサクラと言います。シンシアさんやサジさんも首を長くして待っているでしょうし、早く帰って休みましょう」

「あ、ああ」

気軽な朔の態度に、ダンはあっけに取られてしまった。一方、そこには別の理由で呆《ほう》けている者もいた。

「アシッドパイソンを魔術で焼き尽くす……私たちって必要ですの？」

エマは焼けた跡からアシッドパイソンの魔石を拾い上げる。その大きさから、Dランクの中でも高いレベルであることが彼女にはわかっていた。ロジャーはエマの肩に手を置き、朔の方を見ながら口を開く。

「一人の英雄ができる範囲は限られてるからな。俺たちがするのはそのフォローだよ」

「ナタリア様の剛弓といい、まるでおとぎ話でも見ているようですわ」

「確かに、後に英雄譚《たん》として語られるのかもしれない。従者としてそばにいられるのは名誉なことだ。ひょっとしたら、俺たちの名前が出るかもしれないぞ？」

「はあ……せめて足を引っ張らないように頑張《がんば》らないとですわね」

余談であるが、エマは後にある冒険記を書くことになり、それはとある国で大量に印刷され、大ベストセラーとなった。その作品にロジャーという名前が出てくるかどうかは、今のところ神《アルス》すら知らぬことである。

■

一時間ほどで、朔たちは馬車がある場所へと帰ってきた。リトがダンを背負って走ったことに加え、サーベルラットに襲われることがなかったため、かなり早く戻ってこられたのだ。

「サク様だにゃ～！」

馬車の上で警戒していたバステトが朔たちに気づき、手をぶんぶんと振りながら声を上げた。朔もまた手を振り返し、屋根から跳《と》び下りた彼女に声をかける。

「バス、ただいま。アル隊長たちは？」

「まだ戻ってきてないにゃ」

「そっか、皆さんのことだし、心配しなくてもすぐに戻ってくるかな」

「戻ってきたら教えるにゃ。それより、ミラが美味《おい》しいスープを用意してくれてるから、早く中に入るにゃ～」

「バス、ありがと。雨の中大変だろうけど、もう少しだけよろしくね」

朔を先頭に、馬車後部の扉から中へと入っていく。

訝《いぶか》しむ表情のガストロとダンが、促されるままにおそるおそる足を踏み入れると、馬車とは到底思えない空間と設備を見て、かつてのアルたちと同じく固まってしまった。そのとき、ダンは帰りを待っていたシンシアに抱きつかれた。

「お父さんっ！」

「っ！　シンシア！」

シンシアを抱きしめ返すダン。一日程度ではあるが、命の軽いこの世界では感動の再会であった。

さらに、二人の横ではサジが涙を流し、おおげさに喜びを表していた。

「お義父さん！　無事でよかったっすよおおおおお！」

「誰がお義父さんだ、てめえ！」

「ダンさんが、残るときに『……サジ、シンシアを頼む』って言ったんじゃないっすか！」

「俺は生きてるからそんなのは知らん！　シンシアはまだまだ俺が守る！」

ダンは、抱きしめていたシンシアをサジから隠すように移動させた。

ダンの親馬鹿な姿を再び見ることができたシンシアは、泣きながらも笑顔になってしまう。

「もうっ、お父さんったら」

「まあ、それでこそ本物のダンさんっすね！」

「そろそろ認めてやればいいものを……」

「ガストロ、お前はどっちの味方だ！」

ぎゃあぎゃあと喚《わめ》きながら喜び合う四人。

朔たちもまた、彼らの様子を微笑《ほほえ》みつつ見つめていた。

そして、四人が温かい目で見られている状況に気づいた頃には、風呂の準備が整っていた。そこで、貴族の前での失態に恐縮する彼らを、カインたちが無理やり案内するのであった。


女性用の浴室では――

「いい湯ですわ～」

「い～湯だにゃ～」

ツインテールの先をお湯に垂らしたエマが艶《つや》のある声を上げれば、身体を動かすことなく雨に打たれていたバステトが、肩までつかるどころか顔だけをお湯から出した状態で、間延びした声を漏らす。

「気持ちいいですね」

「ん」

ナタリアは片側に髪を寄せて姿勢よく湯につかり、ちょこんと座るミラの青い髪は波紋のない冷たい水に美しく広がっている。

「ほわあああああ」

最後に、初めてお風呂に入ったシンシアは、未体験の感覚に不思議な声を出しながら気持ちよさそうにしまりのない顔を晒《さら》していた。

女性陣はシンシアも含め、全員でバームクーヘン型の風呂に入っており、穏やかに風呂を楽しんでいる。

ある程度体が温まったところで、エマが何気《なにげ》なく口を開いた。

「雨で冷えた身体がほぐされるようですわ」

「サク様のおかげだにゃ」

「ほえ？　これって男爵が作ったんですか？」

シンシアがだらしのない顔を二人へ向ける。しかし、その疑問に答えたのは、後ろにいたナタリアだった。

「正しくは、このお湯を出している魔導具を、ですよ。湯加減も調整できるようになっていますし、サクさんはお風呂にはかなりこだわりがあるようです」

「ほえ〜、こんなに気持ちのいいものを作るなんてすごいですね〜。サジも訓練ばっかしてないで、何か作ってくれればいいのにな〜」

「うふふ、サジはシンシアさんの恋人ですの？」

「かわいい顔して、やることはやってるのかニャ？」

今度はエマがシンシアへとにじり寄り、バステトもまた、自分の湯舟からエマが入っている湯舟へと移ってしまうほど興味津々《しんしん》の様子であった。

「ん〜と、まだ今は幼馴染《おさななじみ》ですね〜。ちょっと男らしくないっていうか、いっつもお父さんに言い負かされてるんですよね。それに引き換え、男爵はしっかりしてますし、貴族でこんな馬車を持てるくらいお金持ちですし」

「あげない」

シンシアがそう朔のことをべた褒《ぼ》めした瞬間、ミラが入っている風呂に氷が張る。

「ほえ？」

「ミラ、シンシアさんはそんなつもりで言っていませんから」

「油断は禁物。サクもあの乳にたぶらかされるかもしれない」

ミラはナタリアに窘《たしな》められたにもかかわらず、シンシアの大きな乳房を無表情で指差す。びくっとして後ろに下がるシンシア。しかし、彼女にはエマの魔の手が後ろから迫っていた。

「確かに大きいですわよね。何か秘訣《ひけつ》でもあるんですの？」

「ひゃあっ⁉」

湯浴《ゆあ》み着越しではあるものの、シンシアは背後から胸を鷲掴《わしづか》みにされて悲鳴を上げた。

「……これは！　すごいですわっ！」

「にゃははは、雄《オス》はおっきなおっぱいが好きだからにゃ～」

「ちょっと失礼しますね。……なるほど」

「なんでナタリアさんまで触ってるんですか！　秘訣《ひけつ》なんてないですってば！」

「隠さずに吐《は》く。そして私もサクを誘惑する」

女風呂はまさに文字通りの姦《かしま》しさで溢《あふ》れていくのだった。

一方、男風呂では、よくわからないまま身体を洗わされたダン、サジ、ガストロの三人が大風呂に並んでつかっていた。

「サジ、いったい何が起きているんだ？」

「わかりません！　すごい馬車ですけど、貴族の馬車って全部こんな感じなんですか？」

「そんなわけないだろう。しかし、温かい食事を用意した上に、俺たちのような冒険者に風呂に入れなどと、アサクラ男爵はいったい何を考えているのか」

ダンの問いかけに質問で返したサジ。質問にはガストロが答えたものの、彼らの常識とはあまりにも異なる出来事に、三人は混乱しきっていた。

そんな中、ダンがはっと何かを思いついたように顔を上げる。

「……男爵がそうだとは思わねえが、貴族の中には俺たちみたいなのが趣味のやつがいるって噂を聞いたことがある」

「……」

「……」

混乱ゆえのことではあるのだが、三人は激しく誤解をし、悲痛な空気の中、静かに風呂につかっているのであった。

■

「……森から出ることができ、アサクラ男爵たちに助けていただいたという次第です」

アルたちが帰還したため、朔たちは大きな机と椅子のある会議室にてダンたちの話を聞いていた。

なお、この場にいるのは朔、ナタリア、イル、ルイ、アル、カイン、ダン、ガストロの八人のみである。

ダンの話をまとめると――

リーダーで剣士のダン、ダンの娘であり回復師のシンシア、シンシアの幼馴染《おさななじみ》であり拳闘士のサジ、ハンターのガストロは四人でパーティを組んでいる。活動範囲は交易都市セルタ近郊だとか。

今回は、セルタとセルタの南西にある鉱山都市ヴィーカを結ぶ街道沿いに、サーベルラットの目撃情報が多数寄せられたため、ギルドの調査依頼を受けて森に入った。

依頼の内容は、ヴィーカとセルタを徒歩で往復し、森の浅い部分を調査することであった。

ダンたちはまず魔の森に近い街道の北西側を調査したが、特に異変はなく、そのまま森の浅いところを通って無事にヴィーカに辿《たど》り着いた。

ヴィーカのギルドで報告した後、復路を通行中、街道の南東側の森で大量の木が何かで削《けず》られているのを発見した。

慎重にそこから痕跡《こんせき》を辿《たど》ったところ、サーベルラットの群れを発見した。だが、群れに近づきすぎて捕捉された上に、シンシアが嚙《か》まれてしまう。

雨が降りはじめたおかげで、サーベルラットたちをどうにか撒《ま》くことができたが、東に行きすぎていたので、朔たちが通っていた街道に向かうことにした。

しかし、再度見つかってしまい、荷のほとんどを捨てて命からがら逃げてきたところを、朔たちに助けられたとのことだった。

「……なるほど。本当に災難でしたね。これからどうするのですか？　セルタに行くのであれば、我々も通りますので送りますよ」

説明を聞いた朔が提案すると、ダンがすくっと立ち上がり、頭を下げる。

「無礼を承知でお願いしたいのですが、シンシアとサジはセルタまで送っていただきたい」

「(あれ、なんか聞いたことある言葉なんだけど) ダンさんとガストロさんはどうするのでしょう?」

「我々は、再度森を調査してからセルタに戻ります」

ダンは力強く答えるが、その姿は失敗を取り返そうと焦《あせ》っているのが丸わかりであった。そんなダンに、ナタリアがゆっくりとした口調で尋《たず》ねる。

「先程の姿を見たところ、お二人とサジさんたちのレベルはだいぶ離れているようですね」

「その通りです。サジとシンシアは冒険者になってまだ日が浅いので。私が甘かったのです。いつも活動している森ということで油断していました。私とガストロの二人であれば、どうとでもなります」

(……うーん、病み上がりだし、今行かせてもいい結果にはならないだろうなあ。ポーションの効果が高すぎるのも考えものだね)

苦虫を噛《か》み潰《つぶ》したような表情のダン。朔は場を落ち着かせるために、一度状況をまとめようと、ルイに話を振る。

「ルイさん、今の状況を整理してくれませんか?」

「わかりましたであります！　今回の目標は、セルタとヴィーカを結ぶ街道沿いにある森の調査。目的は街道の安全確保のため。進捗《しんちょく》は、街道の北西の森の調査の完了により五十パーセント、南東の森の調査及び群れの一つを潰《つぶ》せたことにより二十～三十パーセントで、計七十～八十パーセント。これからの課題は、調査が終わっていない範囲の森の調査。その他として、ダンさんとガストロさんは十分この依頼をこなせる実力がありますが、若干焦《あせ》りが先に来ているであります。また、ダンさんとシンシアさんは病み上がりで、彼女とサジさんはレベルが低く、経験が浅い。以上であります!!」

（おお、驚いた。記憶の片隅にある課題解決法の要点をしっかり踏まえてる。数値化もきちんとしているし、ルイさんって本当に有能なんじゃないか？　アベル様、本当にいただいてよかったんですか？）

ルイは、すらすらと一度も詰まることなく言い切った。朔は、ルイの的確な状況把握《はあく》とその弁に舌を巻く。すると、立ち上がったままのダンが、少しムッとした様子で反論する。

「……私は焦《あせ》ってなど。ただ、仕事を最後までやり遂げたいと！」

朔は、柔《やわ》らかい口調で諭すように話し出す。

「ダンさん、ルイさんはあなたを責めているわけではありませんよ。その姿勢は立派です。しかし、荷のほとんどを失っている状態で、満足な調査は可能ですか？　調査は何日間かかるでしょうか？」

「うっ……では、私はどうすればいいのでしょうか？」

「『どう』するかを考えるのは、最後にしましょう。イルさん、地図を出してください」

「はっ」

イルは朔の言葉に素早く反応し、この地域の地図を机の上に広げた。

「リア、現在地はどこかな？」

「このあたりですね」

朔は自作の鉛筆を使い、地図に記入していく。

「ダンさん、ガストロさん、木の削《けず》られた跡を見つけたのはどこですか？」

「……ここです」

思わず反論してしまい気後れしているダンに代わり、ガストロが短く答えた。

朔は「削《けず》り跡」と記入して丸で文字を囲んでから、さらに質問する。

「大体でかまいませんので、どこを通ったかわかりますか？」

「こう行って……ここでこっちに……ここのあたりが先程の沼地があるところです」

朔はガストロの言葉通りに記入していく。未調査域をはっきりさせることができた朔は、その部分を線で囲み、まだ質問を続ける。

「ありがとうございます。では、未調査域はこの部分ですね。ここの調査に二人でどれくらいの時間がかかりますか？」

「……十日から二週間はかかります」

「……では、この部分だと？」

朔は、未調査域のうち、ヴィーカへ向かう街道沿いの浅い部分に斜線を引いてから、ダンの顔をまっすぐ見て尋《たず》ねた。ここで、ダンは朔が伝えたいことに気づく。

「あ……三日もあれば十分可能です」

そもそも、ダンたちが受けたのは浅い部分の調査であり、満身創痍《まんしんそうい》の状態でしかも物資がない中で無理に調査を続ける必要はない。街道沿いを調べるだけでよく、その方が日数は少なくて済み、時間も稼げるのだ。

「そうする場合、ここから森に入るのと、一旦セルタに戻ってから向かうのとでは、どちらがいいと思われますか？」

「……戻る方です。しかし、実際群れや上位の魔物がいたのですよ！　一刻も早く討伐しないといけません！」

責任感の強いダンの叫《さけ》びももっともではあるのだが、朔は冷静な口調で伝える。

「それはギルドか領主が判断すべきことだと思います」

「……そう、ですね。……私は本当に焦《あせ》っていたようです。しかし、なぜアサクラ男爵はここまでしてくださるのですか？」

ここにきて、ダンはようやく冷静さを取り戻していた。本来、彼はベテランの冒険者であり、ここまで状況が見えない男ではない。

朔はにこりと笑顔を作り、質問に答える。

「理由は単純ですよ。皆さんを好ましく思ったからです」

「なぜ？」

処罰も覚悟していたダンにとって、朔たちのこれまでの行動は不可解であり、冷静になった今でも理解できないでいた。

「ガストロさん、森から出たときにあなたが叫《さけ》んだ言葉を覚えていますか？」

急に話を振られ、首を横に振るガストロ。

「ガストロさんは『逃げろ』と言ったんですよ。『助けて』ではなく、私たちに魔物をなすりつけるでもなく、自分たちの命の危険があるにもかかわらず、最初に私たちの身の安全を思って叫《さけ》んだ。そのことをとても好ましく思ったんです」

「……そんなことで？」

朔は思ったことをそのまま伝えたが、ダンにとっては腑《ふ》に落ちない言葉でしかなかった。そんなダンの様子を見て、朔は笑った。

「あはは、そんなことができる人たちって、なかなかいないんじゃないでしょうか。あの状況での判断としてはどうかとも思いますけどね。実際に私たちが逃げていたら、あなた方は今頃サーベルラットの餌《えさ》になっていたかもしれませんし」

「確かにその通りかもしれませんね」

ダンは実際に朔たちが逃げた場合の状況を想像すると、苦笑することしかできなかった。

朔はにやりと悪戯《いたずら》な笑みを浮かべ、さらに言葉を続ける。

「しかも、助けた後に言った言葉が『シンシアさんとサジさんを町へ送り届けてほしい』ですよ？」

ダンとガストロは、はっとした表情でお互いを見合う。彼らはすぐに顔を逸《そ》らし、気まずそうに苦笑いを浮かべた。朔はもう大丈夫だと判断し、話を次に移す。

「納得していただけましたか？　では、あとはこちらの話ですね。アル隊長」

「ああ。未調査域の調査だな？」

アルは朔が内容を説明する前に、自分が何をすべきかを理解していた。自分たちがやるべき仕事だと思っていたダンたちだが、さすがにもう何も言わなかった。

「はい。申し訳ありませんが、よろしくお願いします。どのくらいかかりますか？」

「二人一組に分かれて、三日だな。おそらく四日後の朝にはセルタに着ける」

「わかりました。念のため、それぞれに七日分の食事の準備をしておきますので、今日は早めに休んでください」

朔は素早く方針を決め、アルに指示を出した。さらに、朔の意を汲《く》んだイルとルイが、退出しようとしたアルに話しかける。

「今晩の見張りは私が行おう」

「私もであります！」

「イル、ルイ頼んだ。……サク男爵はいい領主になりそうですな」

「あはは。アル隊長、ありがとうございます。有能な皆と一緒に頑張《がんば》ります。では解散にしましょう」

こうして話し合いは終了したのだが、馬車の一室にはそわそわと落ち着かない男が一人いた。

「サジ、どうしたの？　なんか変だよ？」

「いや、親父さんとガストロさんは大丈夫かなって心配で……」

「皆優しい人たちばっかりだから、きっと処罰とかされないって」

「いや、そういうことじゃなくて」

シンシアとサジがそんなことを話していると、ガチャリと音を立てて扉が開いた。

サジは腰かけていたベッドから跳《と》び上がり、部屋に入ってきたダンとガストロに駆け寄る。

「ダンさん、ガストロさん！　尻は、尻は大丈夫ですか⁉」

「ああ!? 何言ってんだ、てめえ」

「ええ!? 親父さんがそういう趣味のやつだって言ったんじゃないすか！」

「ああ!? 俺は貴族の中にはいるって言っただけで、男爵がそうだとは言ってねえよ！ 次言ったらぶっとばすぞ！」

ダンはサジを突き飛ばし、自分のベッドにどかっと横になる。

「……もう、なんなんすか。心配して損したっすよ」

サジは床からゆっくり起き上がり、ベッドに横になるのであった。

なお、後日この朔の男色疑惑はシンシアによりナタリアたちに伝わり、ガールズトークが盛り上がることになる。

さらに、その際に一緒に風呂に入っていたシンとリトによって朔にまで伝わり、ダンとサジは彼から無言でデコピンを食らうことになるのであった。

■

話し合いの翌日の早朝、アル、ウル、ライ、ロイたちは二組に分かれて森へ入っていった。朔たちは彼らを見送った後、セルタへ続く街道を進みはじめる。

雨は既にやんでいたが、地面はまだ乾いておらず、馬車はゆっくりした速度で進んでいく。

ちなみに、御者はハロルドが務めており、その横でルイが周囲を警戒しながら彼に話しかけている。

朔たちはというと、襲撃の際にあまり活躍できなかったリトとシンが修業を望んだため、重力室にいた。そこでは、サクVSシン・リトの稽古《けいこ》が行われている。

「フゴッ！」（えい！）

「よっと、そい！」

「ゴッ」（わっ）

リトが朔に対して短槍で鋭い突きを放つが、朔は難なく躱《かわ》してリトの足を払った。朔が追撃をしようとバトルスタッフを振り上げたところ、弱めの風鎌を両翼に維持したシンが気配遮断と無音飛行を発動して突っ込んでくる。

「っ！　危なっ！」

「クックー♪」（惜《お》しかったー♪）

朔は直感でギリギリ風鎌を躱《かわ》した。看破の魔眼を維持しているものの、背後に回り込もうとするシンを視界に捉える必要があり、苦戦を強《し》いられていた。さらに、起き上がったリトが朔に仕掛ける。

「フゴッ！」（挑発！）

（やばっ、意識がリトに持っていかれる！　……なら！）

「石壁！」

朔はあえて盾を構えたリトに向けて走り、朔とリトの周囲をドーム状の石壁で囲んだ。石を生成したものなので、自然にあるものを動かすよりも魔力の消費が著《いちじる》しく大きくなるが、そこはチートステータスを持つ朔ならではのゴリ押しである。

二人は暗闇に包まれるも、朔は魔眼によりリトのことを認識できていた。

「フゴッフゴゴッ!?　フギッ」（父上、どこですか!?　怖いデすッ）

（もう狂化が発動しかけてるし……リトは相変わらず怖がりだな）

「はい。リト、詰みだよ」

「フゴッ？　フゴゴゴッ！」（父上？　真っ暗怖いです！）

「参った？」

「フゴゴッ！」（参ったです！）

朔はリトを連れて石壁の隅へと移動してから、その石壁を崩す。シンが破片に紛《まぎ》れて再度飛びかかってくるが、朔の視界に入ってしまっていた。ゴルトフ将軍との稽古《けいこ》の際に習得した身体操作や、スミスとの訓練により体捌《たいさば》きが格段に上達している朔は、体勢を崩すことなくシンを避ける。

「ヒール！」

「クックッ」（わっわっ）

さらに、火玉の代わりにヒールを六個発動させてシンに向けて放った。狭い室内で追尾するヒールを避けることは難しく、シンは徐々に追い詰められ、ついに当たってしまう。

「クックー！」（パパ、ずるい！）

シンの抗議に、稽古《けいこ》を見ていたナタリアが微笑《ほほえ》んだ。

「シンちゃんは避けることが上手なので、回避にこだわりすぎなんですよ。風鎌を解除してから風玉を作り、ヒールに当てて掻《か》き消すといいと思います。リト君は不用意に仕掛けるのがいけませんね。いきなり急所を狙うのではなく、相手の体勢を崩すことも大事です。しかし、リト君の挑発で意識を集め、シンちゃんが隙《すき》を突くという作戦はとてもよかったと思いますよ♪」

「クッ！」（あい！）

「フゴゴッ！」（はいです！）

ナタリアのアドバイスを素直に聞き、シンとリトは工夫をしながら、再び朔との修業に取り組んでいた。そんな朔たちを横目に、ラッキーフラワーは全員で型稽古《かたげいこ》を行《おこな》っている。

「おも……きつ……」

「ゆっくり自分の身体の動きを理解するようにしろと言ってたが……なんか意味があるのか？」

「とりあえず、サクさんの言う通りにやってみるっすよ」

重い肉厚の長剣を振っているため、息も絶え絶えなカイン。なお、鎧を身に着けていないキザンとツェンは、幾分余裕があった。

「わかるようなわからないような感じでむずむずするにゃ」

「……ふむ。これは、興味深いですね」

朔が重力室の効果を五倍から三倍に下げたため、バステトとタンザもこの部屋の中で訓練することが可能になっていた。彼らは、朔に指示された通りに筋肉や関節の動きを確かめつつ、ゆっくりとした動きで訓練を続けていく。

（過重力下による運動学習機能向上ってなんかの論文で読んだことがあったけど、これは確かによさそう。この世界の人たちって体重に対して力が強すぎるから、正しい身体の動かし方がわかりにくいんじゃないかって思ってたんだよ。これなら、カインたちも身体操作のスキルを習得できるかもね）

その後も、朔たちが精力的に修業を行《おこな》っていると、突然扉が開いた。部屋に入ろうとしたミラは、重力室からのむせかえるような汗の臭いにほんのわずかに顔をしかめるが、凛《りん》とした声で告げる。

「ご飯」

修業を終え、風呂で汗を流してから夕食を食べる。

その際、朔への男色疑惑を聞いたナタリアとミラがちらちらと彼を見ていたのだが、朔が不思議に思って尋《たず》ねても二人は何でもないと答えをはぐらかすのであった。

第二章　交易都市セルタ

――翌日の午後。

朔一行は、交易都市セルタに到着した。

門番にステータスカードを見せて中に入ると――セルタの町はどちらかと言うとスタットに近い構造をしており、ごちゃごちゃしているが、王都にも勝るとも劣《おと》らない活気に満ちていた。

「スタットとも王都とも匂《にお》いが違うね」

「セルタは交易が盛んな商人の町ですから。様々な地域から人と物が集まっているんですよ」

ふと呟《つぶや》いた朔の言葉に、ナタリアが答えた。

彼女の言葉通り、道には荷馬車が並び、忙しなく人々が働いている。値段交渉などの取引をする会話や、どこそこからはるばる持ってきた何々だよと大声で宣伝する声が聞こえた。そんながやがやとした通りを、ミラが御者を務める馬車はゆっくり進んでいく。

「ミラ、大丈夫？　操縦しにくくない？」

朔がミラに声をかけた。

「ん。イアンとトウカのおかげで楽」

「ああ、たしかに皆が道を譲ってくれてるね」

はためく紋章旗に豪壮な馬車、さらにそれを引くのは威圧感のあるイアンとトウカである。それを目にした者たちは、例外なくぎょっとして道を開けていた。

町の景色を眺めること数十分、朔たちはまず冒険者ギルドに到着した。

先に馬車から降りた朔は、ナタリアやダンを連れて中に入っていく。

ギルドの中はちらほらと冒険者たちがいる程度であった。入ってきた朔たちに目を向ける者がいるものの、彼らは興味がなさそうなそぶりで、すぐに視線を戻す。

朔はまっすぐ受付に向かい、ステータスカードを提示しながら受付嬢に話しかける。

「こんにちは。南の森に関して報告したいことがあるのですが」

「こんにち……は？　ええと、どういったご報告でございますでしょうか？」

挨拶《あいさつ》をする途中で朔が貴族だと気づき、怪しげな敬語で尋《たず》ねる女性。あははと苦笑いを浮かべる朔に、横に来たダンが助け舟を出す。

「テニア、少し大ごとになるかもしれん。シモンはいるか？」

「あ、ダンさんじゃないですか！　なんで貴族様と一緒にいるんですか？　まさか……問題とか起こしてないですよね!?」

顔なじみの姿を見て気が緩《ゆる》んだテニアは、ダンに大声で捲《まく》し立てた。周囲にいた冒険者たちが、どっと沸《わ》き立つ。

「うるせえ！　いいからシモンを会議室に呼んでこい！」

「はいいいいい!!」

こめかみをぴくぴくさせたダンの一喝《いっかつ》で、受付嬢のテニアは急いで受付の奥へと走っていった。

ダンは冒険者たちをぎろりと睨《にら》みつけ、勝手知ったる我が家のように朔たちを案内する。

会議室で数分ほど待っていると、引き締《し》まった体つきをした壮年の男が、ノックもなしに部屋の中へと入ってきた。

「待たせてすまんな。ぶはっ！　ダン、なんだそのデコの痣《あざ》は!?」

入ってきた男は、ダンの額にくっきりとついたデコピンの跡を見て噴き出した。ダンはギリギリと歯噛《はが》みし、男に叫《さけ》ぶ。

「うるせえ！　男爵を前にして、腹を抱えて笑ってんじゃねえ！　さっさと名乗りやがれ！」

「……はーはー、あーあー、んんっ。私はシモン。冒険者ギルド・セルタ支部のサブマスターをしております。ダンがダンジョンに潜っていたときのパーティメンバーでした。ぶっ」

シモンは深呼吸をして息を整えてから、背筋をぴんと伸ばしておじぎをしながら名乗った。しかし、顔を上げてダンの顔が目に入った途端、またも噴き出してしまった。そんなシモンに対し、朔は立ち上がってから頭を下げる。

「私はサク・フォン・アサクラ、男爵を拝命しております。シモン様はダンさんとすごく仲がいいようですね」

「アサクラ男爵、お目にかかれて光栄です。ダンは、いわゆる悪友ですな」

「誰が悪だ！」

「ふふっ、とてもいいご関係ですね。早速ですが、報告をさせていただきます」

朔は地図を広げ、シモンに状況を詳しく説明していく。シモンはいくつかの質問を挟みながら説明を聞いていき、話が終わると腕を組んで思案しはじめた。

「……アサクラ男爵、ダンたちを救っていただいたばかりか、調査のご協力ありがとうございます。男爵は冒険者とお聞きしましたので、事後ですが依頼扱いにさせていただき、現在調査をされている方々が戻りましたら、達成料をお支払いいたします。それと、ダン」

「なんだ？」

「お前らの分ももう達成扱いにしてやるから、男爵たちにお礼がてら、食事でもご馳走《ちそう》して差し上げろ」

「ああ!?　そんな中途半端なことができるか！」

ダンは机を両手で叩《たた》きつけて立ち上がり、シモンを睨《にら》みつけた。シモンは全く意に介さない様子で、彼に厳しい口調で告げる。

「上位の魔物が見つかったのなら、新人二人を含む一パーティだけに任せられる依頼じゃねえんだよ。鼠どもは繁殖力が高いから、まだある程度の数がいるはずだ。調査が済み次第、集団戦の訓練がてら、騎士団とギルドの初級者たちで討伐だ」

「……ちっ、わかった。だが、その討伐には参加するからな！」

親友であるシモンにそこまで言われたダンは、しぶしぶではあるが引き下がり、どかっと椅子に腰かけた。シモンは、にこりと笑みを浮かべ、朔の方を向いて尋《たず》ねる。

「アサクラ男爵、それでよろしいでしょうか？」

「はい。異存ありません。ありがとうございます」

その後、受付にてダンたちには達成料が支払われ、解散となった。

ギルドの外に出た朔に向かって、ダンたちが再度深々と頭を下げる。

「サク様、今回の件は本当にありがとうございました。シモンの言う通りにするのも癪《しゃく》ですが、昼飯でもどうですか？」

「……くっ、すみません。そうですね。せっかくですので、ご馳走《ちそう》になります」

朔は、先程のシモンと同じように、ダンが頭を上げた瞬間に目に入る額の指の跡を見て、笑いをで笑顔に変わる。

堪《こら》えながら答えた。ダンのこめかみが一瞬だけぴくりとなったが、誘いを受け入れてもらえたこと

「では、この街一番のレストランに行きましょう」

「いえ、高級店ではなくて、飯屋と言いますか、ざっかけない店が好みです。郷土料理なんかもいいですね」

「はあ、飯屋に郷土料理ですか」

高級店に連れていこうと考えていたダンは、思いがけない朔の要望に面食らってしまっていた。

そこに、シンシアが明るい声で提案する。

「お父さん、それならあそこに行こうよ」

「あそこってあそこか？」

「うん！」

「俺らは美味《うま》いと思うが……男爵、俺たちの故郷の料理でもいいですかい？」

「それはいいですね。そこにしましょう！」

それから、朔たちはダンたちの案内で目的の店へと向かう。

城壁のすぐ内側は建物がない更地《さらち》となっていたため、細い道を通らずに、大回りして馬車で向かった。

ゆっくり進むこと一時間弱、朔たちは木造の古いがよく手入れされた、こぢんまりとした店に辿《たど》り着いた。

（……この匂《にお》いは、まさか!?）

朔は、その店から流れてくる懐《なつ》かしい匂《にお》いに胸を高鳴らせる。以前と違い、皆を置いて突撃して注文することはどうにか堪《こら》えたが、自然と早足になっていた。

ダンが店の扉を開けて中に入り、朔たちも後に続く。その店は食事をとるところから厨房《ちゅうぼう》が見えるようになっており、大きな寸胴鍋《ずんどうなべ》で茶色いものがくつくつと弱火で煮込《にこ》まれているのがわかる。

（駄目だ。駄目だ我慢しろ……無理！）

「おっちゃん、その鍋のやつ！　大盛りで！」

「あいよお」

厨房《ちゅうぼう》にいた店主は少し間延びした声で返事をし、腰をとんとんと叩《たた》きながら、座っていた椅子から立ち上がった。朔はきょろきょろと厨房《ちゅうぼう》を見回しながら、早口で捲《まく》し立てる。

「米は？　米もあるよね？　米にぶっかけて！」

「おお？　綺麗《きれい》なべべを着てるが、坊主はわかってるねえ。辛《から》いのは大丈夫かあ？」

「もちろん！」

朔は満面の笑みで店主に答え、ナタリアたちが後に続く。

「クックッ！」（ボクも！）

「フゴゴッ！」（僕も食べます！）

「シンちゃんとリト君の二つは唐辛子《とうがらし》少なめで、私はおすすめの量をお願いします」

「私は激辛」

さらに、ラッキーフラワーも一斉に口を開く。

「「「「大盛りで！」」」」

長い付き合いになる皆は、朔のこのような姿にも慣れたものであり、いつも通りであった。一方、その姿を初めて見る者たちは、驚きに目を見開く。

「……意外と子供らしい一面もあるのですわね」

「……そのようだな」

お互いに顔を見合わせたエマとロジャーはそう評し、ダンたちはただ固まっていた。

その後、朔たちに料理が運ばれてくる。

シンやリトの分はほんの少しだけ粉末の唐辛子《とうがらし》がぱらりとかかっており、ミラの分は全面が赤くなっていた。

朔は具を一つスプーンで掬《すく》い、確かめるように味わう。

（やっぱり味噌《みそ》だ！　モツの味噌煮込《みそにこ》み丼だ！　旨味《うまみ》が強いモツに味噌《みそ》ベースのタレがたっぷり絡

んでガツンと来る！）

次に、朔は米と一緒に口に入れて咀嚼《そしゃく》する。

（モツの旨味《うまみ》、モツから出た脂《あぶら》、味噌《みそ》ダレの濃厚な味を唐辛子《とうがらし》がピリッと引き締《し》めて、噛《か》む度に米の甘みが全体を一体化させてめちゃくちゃ美味《うま》い！）

後は、もう掻《か》き込むだけである。

（美味《うま》すぎるううううう!!！）

「おかわり！」

「フゴゴッ！」（僕もです！）

《ボクの分も！》

「おっちゃん！　こっち三杯ね！」

「はいよお。気持ちのいい食いっぷりで嬉しいねえ」

モツの味噌《みそ》煮《に》込《こ》み丼に興奮していた朔は、アルスの声だと気づかずにその分も注文した。だが、違和感を覚えたナタリアが朔に尋《たず》ねる。

「……サクさん？　あと一つはどなたのですか？」

「え？　ア……明日用？」

「ギルティ」

「後で詳しくお聞きしますね（……十中八九アルス様絡みでしょうが、サクさんはまったく脇が甘すぎます）」

「はい。ごめんなさい」

朔は追加で来たモツの味噌煮込《みそにこ》み丼の中身を別の容器に移してから、収納袋に入れるふりをしてアイテムボックスへと収納した。それから、ミラとナタリアのジト目にさらされながらも、何食わぬ顔でガツガツと丼を貪《むさぼ》る。

一方、白い部屋では、アルスもまた歓喜の声を上げていた。

《んまあああああああい♪》

食事を堪能《たんのう》した後、料理がとても気に入った朔は店の主人に頼み込み、味噌《みそ》を少し分けてもらった上に、煮込《にこ》みのレシピを教えてもらった。

さらに、ダンたちの故郷であるソジャ地方――ダンジョン都市からかなり東にある半島、パストゥールとの間には海があるため、あまり交易はない――を定期的に訪れている行商人が、ちょうどセルタの市場にいるということで、彼を紹介してもらうために、ダンの案内で市場へ向かうことになった。

今日は自由行動としたので、女性陣は皆で買い物へ行き、カインたちは孤児院へ送るものを探しに出かけた。ハロルドはイアンとトウカの世話をするということで、ダンに勧められた宿の部屋を取りに向かう。

そして現在、朔はシンを肩に乗せ、リト、イル、ロジャー、ダンとともにセルタの中央市場を歩いていた。

「男爵、あの天幕を張っている出店です」

ダンが指差している方向には、天井に厚めの大きな布を張って日差しを防いでいる出店があり、たくさんの樽《たる》や壺《つぼ》が並んでいた。朔たちが店先に並んだ商品を見ていると、奥にいた店主がダンに気づく。

「おっ、ダンの旦那じゃないか……って後ろ⁉」

「マルコ、気持ちはわかるが落ち着け。こちらの方はアサクラ男爵。この魔物は、男爵の従魔のリトだ」

ダンは、リトを見て声を上げた商人を冷静に窘《たしな》め、手のひらで朔を示しながら彼に紹介する。

「マルコさん、はじめまして。私はサク・フォン・アサクラと申します。リトは穏やかな性格なのでご心配なく。それよりも、ソジャ地方の特産品を取り扱っているとお聞きしたのですが、拝見してもよろしいでしょうか？」

朔はそう名乗ってマルコに笑顔を向ける。少し待っても返事がなかったため、軽く会釈《えしゃく》をして奥へと入っていく。ダンとリトも朔に続いて天幕の中へと入っていき、イルとロジャーは警戒がてら店の前に立った。

「あ、ああ。どうぞ」

ようやく我に返ったマルコは脇に避けて朔とリトを通し、ダンに近づいて小声で話しかける。

「おい、ダンの旦那！　どういうことだよ！」

「じいさんの味噌煮《みそに》をご馳走《ちそう》したら、気に入ってくれてな」

幾分慌《あわ》てた様子のマルコに対し、郷土料理を気に入ってもらえたダンはご機嫌な様子で笑みを浮かべる。

「そうじゃねえ！　なんで今を時めくアサクラ男爵がお前と一緒にいるんだよ!?」

「ん？　男爵は有名なのか？」

「……これだから冒険者ってのは！　あのな、最近新しい魔導具が色々と出てるだろ？　それの火付け役がアサクラ男爵だ。しかも、その後姿を消したと思ったら、次はダンジョンを発見・攻略して男爵になった方なんだよ！」

「王都の東にダンジョンが見つかって、攻略されたって話か!?」

「そうだよ！」

ダンはそこで初めて、マルコが慌《あわ》てている理由が理解できたのだった。二人は、同じタイミングで朔の方へと顔を向ける。その視線の先では、朔が壺《つぼ》の蓋を開けて中を確かめていた。

（お！　おじいちゃんの店で使われてたのは豆味噌《みそ》だったけど、米味噌《みそ》も麦味噌《みそ》もある！　全部買おう。しかも、あの樽《たる》は俺の勘《かん》が正しければ……）

勘《かん》も何も、すでに匂《にお》いで確信しているのだが、朔は樽《たる》についた木製の栓《せん》を抜き、細長いレードルで中身を掬《すく》って小皿に少し垂らした。それを小指でちょんちょんとついて舐《な》めると、懐《なつ》かしい味が口の中に広がった。

「やっぱり醤油《しょうゆ》だ！　マルコさん！　ここにある商品全部ください！」

「はあ!?　全部だと……金貨十枚近くしますぜ!?」

「十枚ですね。はい、ちょうどです」

「……ま、毎度あり？」

値段交渉もせずに、朔は言い値をすぐに支払った。そして、商品をアイテムボックスではなく、収納袋へと入れていき、肩に担《かつ》ぐ。朔の力をもってしてもずしりと来るその重さなのだが、顔はなぜか綻《ほころ》んでいた。

（生き物が入らないアイテムボックスに入れて、麹菌《こうじ》や乳酸菌が死んじゃったら台なしだし、力が強くなっててよかった〜）

味噌《みそ》や醤油《しょうゆ》のためなら、何百キロとある荷物も厭《いと》わないとは、なんとも朔らしい理由である。

重さというよりも、大きさと数のせいで彼だけでは到底持ちきれず、リトやロジャーにも手伝ってもらい、味噌《みそ》や醤油《しょうゆ》が入った樽《たる》や大瓶を収納袋へと詰めていく。

その様子を金貨を手のひらに乗せたままぼーっと見ていたマルコが、突然金貨をしまってから両手で自分の頬《ほお》を打ち、気合を入れた。

「……この機会をこれで終わりにしちゃ、商人としての名が廃《すた》るってもんだ！　旦那、他に何か欲しいものはないかい？　俺っちはこの町にあるもんなら、ほとんど把握《はあく》してるんだ。売りもんもなくなったし、どこでも案内するぜ！」

「本当ですか!?　マルコさん、ありがとうございます！　お言葉に甘えてお聞きしたいのですが、魚や海藻を扱ってる乾物屋はありませんか？」

「任せとけ！　店仕舞いするから、少し待っててくんな！」

マルコの提案を、朔は一瞬の躊躇《ちゅうちょ》もなく受け入れた。

彼らは数年来の友人かのように会話を弾ませながらセルタ中を歩き回り、何軒もの店を訪れ、様々な物を購入していった。

その間、朔は会話や買い物を楽しみつつも、マルコのことを観察していた。

王都にいたとき、大商人やいわゆる大店《おおだな》と呼ばれる商会の者など、契約をしたいと朔を訪ねてくる者は大勢いたのだが、朔はなんとなく気乗りしなかった。

しかし、領地を運営するにあたって、信用できる商人は必要不可欠であることも理解していたため、旅の中で出会った者たちと友誼《ゆうぎ》を結ぼうと考えていたのだ。

そして夕刻、セルタ巡りも終わり別れの時間となったとき、朔はマルコに革袋を差し出す。

「マルコさん、これは今日のお礼です」

「……これは？」

「ポーション類や魔法杖です。行商をしていると魔物に出くわしたり、危険な目に遭《あ》うこともあるでしょう」

真剣な表情でそう告げる朔。マルコは、差し出された革袋を手のひらで軽く押さえ、首を横に振る。

「そんな高価なものは受け取れねえ。対価にしては高すぎるってもんさ。気風《きっぷ》のいい旦那とセルタを巡るのは俺っちも楽しかった。それでいいじゃねえか」

「……実は、マルコさんに折りいってお願いしたいことがあるんです」

「なんだい？」

「半年に一回、セルタとソジャ地方を往復しているとおっしゃっていましたね？」

「ああ。秋と春にな」

「毎回、私の分を購入し、王都のモンフォール伯爵の館へ送っていただきたい」

朔はマルコの目をまっすぐに見つめ、再度革袋を差し出した。

「……御用商人になれってことかい？」

「今はまだそのような大層なものではありませんが、定期契約を結んでいただきたい。料金は一年分を先払いで、この袋の中に入っています」

朔は革袋を押しつけるようにマルコに手渡した。マルコは紐《ひも》をほどくと少し開いて中を確認し、すぐにぎゅっときつく閉じる。革袋には金貨が二十枚入っており、マルコは朔にジト目を向けて呆《あき》れたような声を出す。

「……旦那は馬鹿なのかい？」

「ははは、よく言われます。まあ、信用できる方への投資ですよ」

「そうかい。わかった、受けようじゃないか。何を買ってくればいいんだい？」

マルコは、革袋を腰にしっかりと結びつけた。朔は、その動作を見てほっと息をつき、笑顔で注文を述べる。

「味噌《みそ》と醤油《しょうゆ》に乾物、他は任せます。面白いものや、美味《おい》しいもの、特産品なんかがいいですね」

「ほとんど丸投げじゃねぇか！　まあ、旦那の好みは今日で大体理解したからな」

マルコはにやりと笑顔を作ると、右手を差し出す。同じように朔も右手を差し出し、二人は固い握手を交わすのであった。

その後、上機嫌で市場や商店街から戻った朔だったのだが……彼は今、馬車の台所部屋で途方に暮れていた。

(困った……。まさか、このパントリーに入りきらないなんて)

今、朔が見ているのはパントリーという名の大きな地下収納。オリヴィアの空間魔法の付与によって広げられ、朔の重力魔法の付与によって重量が軽減され、さらには冷蔵庫の魔導具と似た仕組みで常にひんやりとしている貯蔵庫である。しかしながら、旅に出るということで、常温保存が可能なものが大量に入っていた。そんなところに、出店一軒分の味噌《みそ》や醤油《しょうゆ》が入らないというのは当然であった。

朔が、パントリーにある味噌《みそ》や醤油《しょうゆ》以外のものはアイテムボックスに入れようかなどと考えていると、後ろからミラの涼やかな声がかかる。

「サク?」

「あ、ミラ。おかえり」

「ん。ただいま。これは何してるの?」

「味噌《みそ》と醤油《しょうゆ》に……乾物とか色々。ちょっと買いすぎちゃって、入りきらなかった」

頬《ほお》をかきながら話す朔に、無表情なミラはほんの少し眉間《みけん》に皺《しわ》を寄せ、困り顔で尋《たず》ねる。

「アイテムボックスは駄目なの？」

「それが……入れるとダメになっちゃうやつもあるんだよね」

「ちょっと待つ」

「うん。でも、どうするの？」

朔の問いに答えることなく、ミラは無言で朔をじっと見つめる。朔は少し照れくささを感じるものの、何をしているかはなんとなく想像できたため、引っ張り出したものを片づけはじめた。

「………話はついた。オリヴィアのところに置かせてもらう」

「え⁉　いいって⁉」

ぱっと顔を上げる朔であったが、続いて告げられたミラの言葉が突き刺さる。

「ん。パントリーを味噌《みそ》と醤油《しょうゆ》で占拠されたら、料理がしにくくなる」

「はい。その通りです。ごめんなさい」

「許す。ナタリアを呼んでくる」

その後朔たちは、ナタリアやシン、リトを連れて馬車の中にある秘密の一室へと向かった。そこにある転移門の上に味噌《みそ》と醤油《しょうゆ》が入った樽《たる》や瓶を積み、朔は魔力を充填《じゅうてん》する。

「……よし、定点転移！」

黒い渦《うず》が朔たちを包み、次の瞬間には浮遊感を覚える。そして——黒い渦《うず》が消えた馬車の一室には、誰の姿もなくなっていた。


「皆、大丈夫？」

「問題ありません」

「ん。大丈夫」

「クッ！」（あい！）

「フゴッ！」（はいですっ！）

朔の問いかけに、ナタリアたちが点呼のように順番で言葉を返した。そこに、オリヴィアのしゃがれた声がかかる。

「何度見ても興味深いねえ。それで、急にどうしたんだい？」

「老師、しばらくの間、これらをここに保管しておいていただけないでしょうか」

朔は転移門から降りてオリヴィアに頭を下げた。

オリヴィアは朔の肩にぽんと手を置き、朔が持ってきていた大瓶の一つの蓋を開け、匂《にお》いを嗅《か》ぎ、指で掬《すく》ってぺろりと舐《な》める。

「これは確か……ソジャ地方の調味料かい。また珍しいものを仕入れたものだね」

「私が元いた世界の料理は、味噌《みそ》と醤油《しょうゆ》をよく使うんです。アイテムボックスに入れておきたいところですが、この中にいる菌類が死滅してしまいそうでして」

「サク、お前……本当に調味料のためだけに伝説級の魔法を使ったのかい？」

「ええと、はい。そうなりますね」

「まったく、この馬鹿弟子は……」

呆《あき》れた表情でため息をつくオリヴィア。

朔はあははと引き攣《つ》った笑みを浮かべて頬《ほお》をかいていた。

「好きに使えと言ったんだ。転移門の隠し場所だろうが、調味料の保管場所に使おうが構わないさね」

「老師、ありがとうございます！」

オリヴィアはあっさり認め、朔は彼女に深々と頭を下げて感謝を表した。話がついたと判断したのか、ティーセットをお盆に載せたミラが、オリヴィアのそばまで近づき声をかける。

「オリヴィア、ただいま」

「ミラ、おかえり。ああ、お茶を淹《い》れてくれるのかい。せっかく帰ってきたんだ。少しゆっくりしていきな」

「ん。サク、お湯出して」

「うん、じゃあ皆は先にテーブルのとこに」

オリヴィアとナタリア、リトはソファとテーブルがあるスペースへと向かい、シンは朔のローブのフードの中でまどろみはじめた。朔とミラは調理スペースでお茶の準備を始める。

朔は熱いお湯が入った大きめのやかんをアイテムボックスから取り出し、小火で再度加熱していく。ティーポットとティーカップを湯通しして、ミラはスプーンで測りながら温まったポットに茶葉を入れる。ミラが朔を見て頷《うなず》くと、彼は沸騰《ふっとう》しているお湯をポットの中に一気に注ぎ入れた。

ミラはそれを丁寧に厚めの布でくるみ、二人もテーブルへと移動し、歓談に加わった。

お茶を待つ数分間などあっという間に経ってしまう。ミラが淹《い》れたお茶を飲んだオリヴィアは眉尻を下げ、ほっと息をつく。

「ミラ、美味《おい》しいよ」

「ん」

オリヴィアはくっつくほど近くに座っているミラの頭を優しく撫《な》でる。ミラは嬉しそうに笑みを浮かべ、氷が浮いたお茶を啜《すす》っていた。

「今はセルタあたりかい？」

「はい。その通りです」

「あそこは雑多でなかなか面白い。バザールにある、『パルマ』という魔導具店に行ってみるといいよ」

オリヴィアが言ったバザールとは、朔がマルコとともに回った、主に食料品を扱う市場とは異なり、家具や雑貨を扱う店がひしめく屋根付きの商店街のような場所である。

長年にわたり増築を重ねたそこは、入り組んだ迷路のようになっており、玉石混交ではあるが掘り出しものも多く、目利きと交渉術を駆使する商人のメッカともいえる場所であった。

小一時間ほど経ち、二杯目のお茶を飲み終わったオリヴィアが、再びお茶を淹《い》れようと席を立とうとしたミラをゆったりとした動きで制した。幾分悲しそうな瞳で見つめるミラに、オリヴィアは優しく語りかける。

「ミラ、いつでも会えるとわかったんだ。続きはまた今度にね」

「……ん」

朔たちは樽《たる》や瓶を保管場所へと移動させ、転移門へと乗り込んだ。黒い靄《もや》が彼らを包み、広い地下基地の中にぽつんと残されたオリヴィアがぼそりと呟《つぶや》く。

「親孝行者の娘と馬鹿息子を持って、私は幸せだねえ」

ティーポットに残っていたお茶をカップに注ぎ、一口飲む。お茶は既に冷めてしまってはいたが、オリヴィアはとても温かい気持ちになっていた。

一方、馬車へと戻った朔は、落ち込んでいる様子のミラへ声をかける。

「(ホームシックになっちゃったかな?) ミラ、助かったよ。ありがとね。明日はどうしようか?」

「……デートしたい」

ミラは蚊《か》の鳴くような声で呟《つぶや》いた。

「デート?」

「ん。ダンジョンで約束した」

(あ、手を繋いでデートする約束か。ちょうどいい機会だし、落ち込んでるミラを励ますにはいいかも)

約束とは、ダンジョンボスフロアでミスリルの防壁を見つけた後、ナタリアと手を繋いだままミラたちが待つ場所へ戻ったときに、朔とミラが交わしたものであった。

朔はミラのさらさらする髪を撫《な》でつつ、ナタリアの方に振り向く。

「そうしようか。リア、いい?」

「もちろん問題ありません。楽しんできてくださいね」

「明日も一日自由行動にしようと思うけど、リアは何するの?」

「もう一日休みをいただけるのであれば、バザールを回りきれていないので、皆さんと一緒に出かけようかと思います」

「そっか。じゃあ、これを皆に渡してくれないかな」

二つ返事で了承し、予定を立てていくナタリアに、朔はアイテムボックスから革袋を取り出して彼女に手渡す。

「これは？」

「ん～支度金って名目にしとこうか。特にカインたちは以前もらった褒美《ほうび》の大半を孤児院に送ったって言ってたしさ。旅支度は整えているだろうけど、皆の部屋には最低限の家具しかないし、この機会に揃えるといいんじゃないかな」

「部屋を与えられるとは思ってもみなかったでしょうからね」

くすくすと笑いながら、ナタリアは硬貨が詰まった革袋を受け取るのであった。


その後、朔は今いるメンバー全員を宿屋の部屋に呼び寄せた。

ミラが持つお盆の上には、お金が入った小さな革袋が人数分用意されている。なお、当初朔の渡したものは分配しても相当な大金だったため、ナタリアが提案した「これくらいあれば」という金額の三倍ほどで落ち着いた。

「ロジャー様、どうぞ。アル様たちの分は戻り次第お渡ししますので、どうかお受け取りください」

「ありがたくちょうだいします」

ナタリアが差し出した袋を、ロジャーは恭《うやうや》しく受け取る。今までにもこういった経験があったエマもまた、優雅に礼を述べて受け取った。

「カインさん」

「え？　ナタリアさん、これお金ですか？」

カインは袋を手に載せたまま突然のことに困惑していた。視線をさまよわせて、同じように困った様子のキザン、ツェンとそれぞれを見合い、どうすればいいかわからないといった表情である。

一方、バステトは全身で喜びを表して飛び跳《は》ね、タンザはロジャーとエマの様子を観察して、さっさと自身の巾着に仕舞っていた。

このように、貴族が旅先で家臣やそれに近い者に、金銭を渡すのは珍しいことではない。また、何かを与えるときは領主の家族が渡すというのが、パストゥール王国の慣習であった。なお、これが武勲などに対する褒美《ほうび》であれば、朔自身や格が高い家臣から渡すことになる。

支度金という名目のばらまきも終わり、明日はどうするかなどと皆が話し合う和《なご》やかな雰囲気《ふんいき》の中、朔に近づき苦言を呈《てい》す者がいた。

「お館様はカインたちに甘すぎだ」

「イルさん、王都にいる間は私の作業の手伝いや訓練をこなし、狩りにも行けませんでしたので、たまにはいいでしょう」

「それはそうなのだがな。彼らは若く、レベルも技術もまだまだだ。そのような者たちにぽんと渡す金額ではないぞ」

イルの言うことは至極《しごく》当然であった。しかし、朔は仲間や家族には快適な生活をしてほしいという思いが強いため、笑って誤魔化《ごまか》しながらも曲げることはない。

「あはは、能力が高い人を優遇するのもそうですが、善良で努力家なカインたちを信頼し、大事にしたいのですよ」

「今まででも十分すぎる」

イルは、朔の言う快適な生活は、自身やカインたちにとっては贅沢《ぜいたく》な生活だと感じていた。朔はそのことにうすうす気づいていたものの、自分たちだけが富や便利さを独占できるような性格ではなかった。

「身近な仲間を大切にしない領主の下で働くのなんて、嫌じゃないですか？」

「……なるほど、『カインより始める』ということか。あえて凡庸《ぼんよう》なカインたちを厚遇《こうぐう》することで、優《すぐ》れた人材を集めようと」

「ん？」

（イルさんがなんか中国の故事成語みたいなことを言い出したんだけど）

朔は、家臣になってくれたイルたちを大事にしたいという思いを込めて告げたのだが、イルはそうは取らなかった。将来の領主である朔を支えたいという気持ちが強すぎるあまり、何か深い考えを持った領主としての行動だととらえてしまっていたのだ。

「うむ……これはいいかもしれん。お館様はなかなか策士だな」

一人で納得したイルは、朔に目礼してから振り返り、まだ手のひらの上に革袋を載せているカインの方に向かって歩きはじめる。

「カイン！」

「はいっ！」

突然大声で呼ばれ、肩に手を置かれたカインはびっくりして直立する。

「遠慮せずに使え。それがお館様のためになる」

「は、はあ」

カインにしてみれば、よく意味がわからない言葉を残し、笑みを浮かべて去っていったイルの後ろ姿に、曖昧《あいまい》な返事をするのが精一杯だった。

（いや、そんなつもりで言ったわけじゃないんだけど……まあいっか。なんか納得してくれたし）

「イルさんはああ言ったけど、貯めてもいいし、好きに使ってね」

同じようにイルの後ろ姿を見送っていた朔は、カインたちに笑顔で告げた。

カインはキザンとツェンと目を合わせ、恐縮しながら朔に確認するように尋《たず》ねる。

「サクさん、ほんとにいいんですか？」

「もちろん。あ、領地もらったらカインたちの家も建てるから、家財は安物じゃなくてしっかりしたやつを買っておいた方がいいよ」

「え⁉　僕たちに家を建ててくれるんですか⁉」

再びびっくりしてしまうカイン。朔はけらけらと笑い、なんでもないことのように言い放つ。

「うん。あのクリフ宰相が普通の領地をくれるわけないしさ。どうせ未開地かなんかでしょ。土地だけはあるんじゃないかな」

「……僕たちが家」

朔の言葉はもはやカインの耳に届いていなかった。呆然としている彼に、朔は言葉を続ける。

「あ、それか一緒に住む？　なんかさ、暗黙のルールで領主の屋敷より大きな建物は建てられないらしいんだよ。だから、発展するのを見越して、馬鹿でかい屋敷を建てなくちゃいけないみたいなんだよね」

「私はサク様と一緒がいいにゃ！」

「バスはお風呂が目当てでしょう」

「それもあるけど、皆一緒だと楽しいにゃっ！」

呆《ほう》けているカインに代わり、バステトが元気よく答え、タンザが冷静に突っ込んだ。

皆が笑顔になる中、朔の一言によって、再びカインたちはびっくりすることになる。

「あはは、まあ結婚相手が見つかったら建てるってのでもいいしさ」

「結婚ですか!?」

「そりゃいつかすることもあるでしょ。どちらにしろ家財は必要だし、少しずつ揃えておくといいよ。それに、スタットの孤児院の子たちを引き取ってもいいし」

「孤児院を!?」

「うん。やりたいことがあるなら、なんでも言ってね。って、カイン、聞いてる？　え、キザン、ツェンも!?」

サクの呼びかけに答えることなく、カインとツェンはもちろん、いつもは固い表情をしているキザンですら、間の抜けた顔を晒《さら》している。三人は結婚と孤児院という言葉から、惚《ほ》れているシスターとの結婚を妄想《もうそう》してしまったのだ。

「にゃはは～、シスターに告白すらしたことないのに馬鹿だにゃ～」

「本当に……。家を建てていただけるほど役に立つのが先です」

三人の様子を見て、両手を頭の後ろで組みけらけらと笑うバステトと、ため息をついて呆《あき》れるタンザであった。

次の日の朝、朔は宿屋からほど近いところにある噴水の前にいた。

（わざわざ外で待ち合わせって……ミラもまたベタなことを……。そういえばこの噴水って、モーターもないのにどうなってるんだろ？　水属性の魔導具かな？）

デートの待ち合わせでミラを待っているのだが、朔はふと目についた噴水を興味津々《しんしん》に観察しはじめてしまった。少し遅れてやってきたミラは、そんな彼の様子を微笑《ほほえ》みながら見つめる。

「あ、ミラ、おはよ……」

数分が経ち、考察が終わったところでミラの視線に気づいた朔は、朗《ほが》らかな顔でミラに声をかけた。

ミラはいつものメイド服ではなく、水色のワンピースの上から白のショールを羽織《はお》り、白く塗られた革のサンダルといった出で立ちであり、朔は彼女の姿に見とれてしまう。

「ん。おはよ。待った？」

「さっき来たとこだよ」

「ん。知ってる」

「なんでさ」

「見てた」

「なんでさ」

「見てたかった」

「……そっか。じゃあ、行こっか。その服とっても似合ってるよ」

照れくさそうにそう言って、朔は左手をミラに差し出した。ミラは笑顔でその手を握り、二人は歩きはじめる。

「どこ行く？」

「市場は昨日行ったし、名所でも巡って、その後は俺たちもバザールに行ってみない？」

「名所？」

「古い都市だからさ、古代建築とかも残ってるみたいなんだよね。屋敷の参考になるかもしれないし、見てみたくて」

「ん。楽しみ」

二人は手を繋いだままセルタの旧市街へと向かった。なお、朔がそんな情報を持っているわけがなく、エマのレクチャーの賜物《たまもの》である。

二人が様々な建物などを見て回っていると、ミラがふと思いついたように尋《たず》ねた。

「屋敷はどんな家にするの？」

「ん～。派手なのは苦手だから、落ち着いた感じがいいかな。あと、台所が広くて、お風呂場も広

くて、カインたちも一緒に住むなら部屋もたくさんいるから、食堂も大きくないとね。ミラは？」

朔は、一緒に暮らす者たちを思い浮かべながら、屋敷をぼんやりとイメージしていた。想像の中で屋敷はどんどんと増築されていき、図らずも豪邸になっている。ミラは静かに思いを巡らせた後で端的に答える。

「家族の距離が近い屋敷がいい」

「うんうん。家族ごとに階が違うとか、別の方角に分かれてるのとかはなんか嫌だよね」

「ん。家族皆はいつも顔を合わせるもの」

「そうだね。皆一緒にご飯食べたりしたいよね」

「ん。家事は任せて」

「大きな屋敷なら、お手伝いさんを雇わないと。ミラ一人じゃ大変じゃない？」

「若いメイドはダメ。浮気する」

「しないから」

「ん。でもダメ」

「でも男だけなのもなあ」

「心配？」

「そりゃそうだよ。じゃあ、仲良し夫婦ならどう？」

「ん。それがいい」

端からは貴族の子供二人のお忍びデートに見えているため、様々な感情が込められた視線を向けられている。しかし、そんなことには一切気づかずに、甘ったるいことを話しながら歩き続ける二人であった。

そして昼すぎ、朔たちはバザールへと辿《たど》り着いていた。朔たちは、オリヴィアに言われた『パルマ』という店を探していたのだが……

「老師に聞いた場所だとこの辺のはずなんだけど、見つからないね」

「ん」

「ちょっと休憩《きゅうけい》しようか。人が多いし、脇道に入ろう」

ミラが人混みに少し参ってしまったため、二人は人気《ひとけ》の少ない小道に入った。ちょうどいい高さの石垣に腰かけ、朔は膝をぽんぽんと叩《たた》く。ミラは促されるがままに朔の膝枕に頭を載せて横になった。

「あら、こんなところでどうしたの？　お嬢さんの顔色が悪いみたいだけど、大丈夫？」

二人がしばらく休んでいると、通りかかった一人の女性が声をかけてきた。朔は起き上がろうとしたミラを優しく押さえ、女性に返答する。

「人に酔ったみたいでして、少し休めばよくなりますので」

「じゃあ、うちに連れてきなさいな」

「え、しかし……」

「脇道とはいえ、ここは喧騒が聞こえるからあまり休まらないでしょう？　すぐそこで喫茶店をしているから、奥で休むといいわ」

朔はミラの表情をちらりと見る。休んではいたものの、体調があまり回復していない様子に、女性の提案を受け入れることにした。

「……すみません。お言葉に甘えさせていただきます」

「素直な子は好きよ。さあ、行きましょうか」

ミラを背負い、女性に連れられて辿《たど》り着いたのは、古びているが手入れの行き届いた小さな喫茶店だった。女性が扉のカギを開けて中に入れれば、茶葉やハーブなどの様々な香りが二人の鼻腔《びこう》をくすぐる。

「そこのソファに横になっていて」

女性はそう言うと、店の奥へと消えていった。朔はぐったりしているミラのサンダルを脱がして、ソファに寝かせる。十分ほど経った頃、お盆に茶器を載せた女性が奥から戻ってきた。

そして、二人にお茶を淹《い》れる。

「わあ……美味《おい》しいです。ミラ、このお茶は温《ぬる》いから飲んでごらん」

お茶を一口啜《すす》った朔が感嘆の声を出した。お茶は人肌程度の温度であり、朔はミラにも勧める。

「ん。いい香り。感謝する」

体を起こしたミラはお茶を一口飲み、ほっと息をついた。

「うふふ、薬草茶よ。意外といけるでしょう？　お嬢さんはそれを飲んだら、もう少し横になった方がいいわ」

「ん。サク、ごめんなさい。もう少し休む」

「気にしなくていいから今は休んで」

ミラは再び朔の膝の上で横になり、安心したのかすぐに寝息を立てはじめた。朔はその様子を眺めて微笑《ほほえ》んだが、すぐに向かいのソファに座ってお茶を飲んでいる女性へ視線を移した。

「本当に助かりました。ありがとうございます」

「いいえ、病人を助けるのは薬師の務めだもの。まあ、私は薬よりも薬草茶にはまっちゃったんだけどね」

「薬師だったんですか。そういえばこれって、ヒールポーションに使うものですよね？　渋《しぶ》くて青臭い薬草がこんなに爽《さわ》やかになるなんてびっくりです」

朔はお茶をもう一口啜《すす》り、香りを確かめる。女性は数回瞬《まばた》きをし、ほんの少し鋭くなった視線を朔へと向ける。

「へえ……物知りね。君は錬金術師を目指してるの？」

「あ、失礼しました。錬金術師のサク・アサクラです」

「君があの……。オリヴィア様は元気かしら？」

「老師をご存じなのですか？」

鋭くなった目を見開いた女性の言葉に、朔もまた驚きの表情を浮かべた。

「私もオリヴィア様のもとで勉強させてもらっていたことがあるの」

「なんと、師姉《しし》でしたか。大変失礼しました」

「私は少し預かってもらっていただけだから、姉弟子と呼ばれるほどではないわ」

「それでもあなたが姉弟子であることに変わりはありません。失礼なのですが、お名前をお聞きしても？」

「あ、ごめんなさいね。私はペルフ、ペルフ・パルマよ」

朔は驚きのあまり、お茶が入ったコップを落としそうになっていた。探し求めていた名前を、まさかこんな場所で聞くことになるとは思ってもみなかったのだ。

「えっと、今パルマと？」

「ええ。どうかしたの？」

「実は、老師からパルマ魔導具店に行くように勧められていたんですが……」

「んーと、たぶん私じゃなくて、私の母のことよ。母はオリヴィア様と仲がよかったから。でも、つい先日亡くなったの」

パルマは目を伏せてそう話した。朔は、どう声をかけていいのかわからずに視線をさまよわせ、なんとか言葉を絞《しぼ》り出す。

「そんな……いえ、重ね重ね大変ご無礼なことをしてしまいました。申し訳ありません」

「いいのよ。慌《あわ》ただしくてオリヴィア様に手紙も送っていなかったから。そうだ、可愛《かわい》い弟弟子の君にプレゼントを贈らせてちょうだい」

「プレゼント？」

「そう。母の遺《のこ》したものなんだけど、正直に言って私の手には余るのよね」

「いえ、そのような大切なものはいただけません」

「いいのいいの。さすがにレシピは渡せないけど、道具は誰かに使ってもらわないとね」

パルマはそう言って席を立ち上がり、店の奥から大きなケースを持ってきた。彼女はケースをゆっくりとテーブルに置き、いくつもつけられた留め具を丁寧に外して開く。

「これは……」

朔はケースの中にあった道具類をまじまじと観察する。それは、薬草を擦《す》りつぶすための乳鉢《にゅうばち》のようなものや、密閉した状態で薬液を混ぜ合わせるための二股フラスコなど、様々な実験道具であった。さらに言えば、現在朔が使っている容積を測るためのシリンダーの精度が〇・一立方センチ程度であるのだが、目の前にある道具はそれよりも遥《はる》かに精巧に作られているものだと見て取れた。

「よくわかんないでしょ？　私は薬師の道からだいぶ逸《そ》れちゃったから、もうさっぱりなのよね」

「いいえ、やはり受け取れません。全てがかなりの貴重品です。どうか大切になさってください」

朔は首を横に振り、深々と頭を下げた。そんな彼の頭の上から、パルマの声がかかる。

「うーん、合格！」

「……え？」

「オリヴィアもようやくいい弟子を持ててよかったわ」

「え？　え？」

訳がわからず困惑する朔。一方のパルマは、悪戯《いたずら》が成功した子供のような笑みを浮かべている。

「あ、母ってのは嘘で、私がオリヴィアが話してたパルマよ」

「では、お亡くなりになったというのは？」

「もちろん嘘。だって私は生きてるもの」

（はあ……。そうだよ。あの老師の友人が普通なわけがなかった……）

「怒っちゃった？」

「いえ、なにか納得できました」

朔は首を横に振り、頭の中でため息をついた。

「それはそれで何か嫌な気もするのだけれど……。まあ、いいわ。お祝いにこれをあげましょう。これは受け取り拒否を拒否するから！」

パルマは有無を言わさぬ口調で、腰につけていた収納袋から小さめのケースを取り出して、朔の目の前に置いた。

「ええ……なんですか、これ？」

「あなた、その年でもう錬金術師なんでしょう？　そのうち上級にもなれるはずだから、秘薬作りに必要な基本的な道具を渡しておくわ」

「それはすでに老師からいただいているので……」

小さなケースとはいえ、中に入っているのが精密な実験道具であることは明白であり、朔はどうにか断ろうとしたものの、引き下がる気配がないパルマは言葉を重ねる。

「オリヴィアは基本的に魔具師だから、秘薬作りはそれほど得意じゃないのよ。私は逆で、複雑な魔導具のことはわからないわ。それはそうとして、オリヴィアからレシピはもらったの？」

「はい。旅に出る前に上級レシピをいただきました」

「それに書いてある秘薬関係の内容は、私がオリヴィアに教えたものだから」

「……え」

「だからね、そのレシピで勉強しているあなたは、私の弟子でもあるというわけなの！」

「ええ!?」

かなり強引な理屈ではあるのだが、話の真偽を確かめることができない以上、パルマの言っていることを信じるかどうかであり、そして朔は彼女が嘘をついているとは到底思えなかった。

「これは師匠からの命令よ！　この道具を受け取って、レシピに載っているポーションや秘薬を完成させること！」

「ええええ!?」

「返事は!?」

「……はい。謹《つつし》んでお受けします」

「よろしい！」

結局、朔は彼女の提案を受け入れた。パルマは愉快そうに笑い、その後はミラが目覚めるまで、ポーションや秘薬作りの実演指導が行われたのであった。


——次の日の朝。

ずずずっ。

《ずずずっ》
もぐもぐ。
《もぐもぐ》
ポリポリ。
《ポリポリ》
（ああ……美味《おい》しい。白飯と味噌汁《みそしる》に漬物。これだけで、こんなにも幸せな気持ちになれるなんて、やっぱり俺は日本人なんだなあ……）
朔は白米、鰹節《かつおぶし》で出汁《だし》を取ったわかめの味噌汁《みそしる》、胡瓜《きゅうり》の一夜漬けという朝ごはんを食べていた。
宿屋の主人に頼んで厨房《ちゅうぼう》を借りて作ったものである。料理人に食べさせたところ気に入ってくれたため、朔は先程まで朝食で出すスープの代わりとして味噌汁《みそしる》の作り方を教えており、今は一人で食事を取っていた。
《本当に美味《おい》しいねえ、サクさんや》
（最近隠す気なさすぎるだろう、アルスさんよ）
《それは言いっこなしでしょ》
（……まあいいか。アイテムボックスに味噌《みそ》入れられるようにしてくれたしな）
《そうそう。とっっってても面倒だったんだからね》

（いつもありがとな。よし、じゃあアルスはゆっくり食ってくれ）

《うん。いってらっしゃい、ハニー♪》

朔は、ばたばたと食事を終えて、仲間とともに宿を出た。

馬車でギルドへ向かうと、森の調査を終えたアルたちが既にギルドの前で待っていた。ナタリア、イル及びカインが朔に同行し、他の皆は馬車で待つことになった。

（先に待っていようと思ったのに早いな）

「アル隊長、皆さん、お疲れ様でした。お待たせしてすみません」

「サク男爵、気にされるな。先程着いたところだ」

「無事でよかったです。疲れているところ申し訳ありませんが、アル隊長とライ隊長には報告を一緒にお願いしてよろしいですか？　ウルさんとロイさんは馬車で休んでください」

朔はアルたちを労《ねぎら》い、軽く頭を下げた。

「もちろんだ。ウル、十二時間の休息を許可する。少しなら酒もいいぞ」

アルは目礼してからウルに指示を出した。

「おお！　鼠どもを追いかけ回した甲斐《かい》があったぜ！」

続いてライも、ロイに指示を出す。

「こちらも問題ない。ロイ、ウル殿に付き合え」

「ありがとうございます。ウル殿、まずは風呂に入りましょう」

ウルとロイは嬉々として馬車の中に入っていき、朔たちもまたギルドに入った。

受付嬢のテニアが朔のことを出迎え、会議室に通した。

会議室の大きなテーブルには地図が広げられており、すぐにサブマスターのシモンが現れた。

「待たせてしまい申し訳ありません。早速ですが、状況を教えていただけますか？」

朔はアルとライへと視線を向ける。アルが立ち上がり、地図を指し示しながら説明を始めた。

「私たちが発見した群れは三つ。それぞれにボスとして、Eランクが一匹ずついた。場所は、ここと、ここと、ここだな」

「群れの規模は？」

「大凡《おおよそ》だが一つの群れが、二百匹前後だな」

「ふむ。予想よりも多い……他には何か？」

「いらぬ口出しではあるが、早くしなければ森が枯れる」

「鼠どもは大喰らいですからな。あのあたりの森は、駆け出し冒険者が薬草などを採集する場所。できる限り早めに対処しましょう」

「私からは以上だ」

「情報提供感謝します。騎士団とも話がついていますので、後は我々にお任せください」

シモンが頭を下げたのにあわせ、朔は緑色の液体が入った大瓶を彼の前に置く。

「よろしくお願いします。私たちは討伐には参加できないので、こちらをお納めください」

「……これは？」

「鼠咬症《そこうしょう》に効く薬です。ポーションではないため効くのが少し遅いですが、高い効果を長く発揮します。五十人分ほど用意しましたから、サーベルラットに噛《か》まれた者たちに飲ませてあげてください」

「……アサクラ男爵は如才《じょさい》ない方ですな。ご厚意痛み入ります」

「いえいえ。では、私はこれで失礼します。ご武運を」

「ありがたく」

シモンは深く頭を下げ、朔たちは会議室を後にした。ギルドでナタリアが依頼の精算をしていると、カインが朔に尋《たず》ねる。

「なんで討伐の協力をしないんですか？」

「騎士団が出るという話だからね。俺たちが出張ると顔を潰《つぶ》すことになりかねないでしょ？」

「……それもそうですね」

カインの頭の中には、サーベルラットの群れを焼き尽くす朔の姿がありありとイメージされていた。そんなことなど知る由《よし》もない朔は、カインの肩に手を置く。

「心配しなくても、カインたちが活躍できる場はもうすぐだよ。さあ、ダンジョン都市に向かおうか」

「はい！」

朔とナタリアが馬車の御者席に乗り込むと、ミラがイアンとトウカに手綱《たづな》を通して指示を伝える。二頭はぶるるといななき、蹄《ひづめ》を鳴らして歩きはじめ、馬車は北門へと向かって進んでいった。


「サク様ー！」

交易都市セルタの北門から出る馬車の列に並んでいた朔に、聞き覚えのある声が耳に入った。朔は馬車から降り、ぜえぜえと息を切らしているシンシアに声をかける。

「シンシアさん、どうしたんですか？」

「何も言わずに出発するなんてひどいです！　お父さんたちとギルドに行ったら、もう北門の方に向かったって聞いて、私だけですがお見送りに来ました！」

シンシアは息を整えてから叫《さけ》び、花が咲いたような笑顔を朔たちに向けた。朔もシンシアにつられて笑顔を返し、彼女に尋《たず》ねる。

「わざわざすみません。体の調子はいかがですか？」

「サク様のおかげですっかり元気です！　本当にありがとうございました。これ、お母さん直伝《じきでん》の味噌豚《みそぶた》です。よかったら皆さんで召し上がってください」

シンシアは、竹のような植物の皮に包まれたものを差し出した。朔は味噌豚《みそぶた》という言葉に興味津々《しんしん》といった様子でそれを受け取る。

「おお！　ありがとうございます。遠慮なくいただきますね」

「少し焦《こ》げやすいので、弱火でじっくり焼くのがコツですよ。それと、ナタリアさん、ミラさん、バスさん、エマさんにはこれを」

シンシアは朔に得意顔で説明した後、馬車から降りてきたナタリアたち一人ひとりに、小さな布の袋を手渡していく。

「これはなんでしょうか？」

ナタリアが尋《たず》ねると、シンシアは女性陣を集め、顔を寄せて小さな声で告げる。

「ナタリアさんとミラさんには子授けのお守り、バスさんとエマさんには縁結びのお守りです」

「こさっ⁉」

「にゃはは～。ありがとにゃ～」

「うふふ、これで素敵な殿方と巡り合えそうですわ。シンシアさん、ありがとうございます」

「シンシア、いい子。サク」

ナタリアは一瞬で耳まで赤くなり、バステトとエマは笑って感謝を告げた。ミラは微笑《ほほえ》み、味噌《みそ》豚《ぶた》の匂《にお》いを嗅《か》いでいた朔に声をかけた。

「あ～いいにおい。味噌《みそ》以外にも色々入ってそうな……ん？　ミラ、どうしたの？」

「あのバングル買う」

「ミラからお金は取らないよ。どれがいいかな？」

「それはダメ。逃げる用でＡＧＬ」

「私も出します。バスさんとエマさんの分は、サクさんが出してあげてください」

あのバングルとは、魔法が付与されたバングルである。プレゼントのお返しにすることを察した朔は全部自分が出そうとするが、ミラは微笑《ほほえ》んだまま首をふるふると横に振り、まだ耳を赤くしたナタリアも加わった。

「はいよ。二人の分は、預かってるお金から差し引いておくね。それと……バスとエマさんも、はい、どうぞ」

「サク様、ありがとにゃ～」

「サク男爵、感謝いたしますわ」

朔は二人の提案を受け入れ、バステトとエマは朔に笑顔で感謝を告げた。

なお、ナタリアとミラは王都でもらった褒美《ほうび》をそのまま朔に預けている。ミラは買い物に行くときなど必要に応じて朔から受け取っていた。ナタリアは、今まで貯めたお金を持っているので、渡したお金は自由に使っていいと朔に話している。

ミラは朔の言葉を聞き、少し考えてから呟《つぶや》く。

「ん。バングルはシンシアの分、一つでいい。男は自力で走れる」

「おいおい」

朔は思わず突っ込みを入れた。

「冗談。四つもらったから四つ渡す」

「老師みたいに、真顔でわかりにくい冗談を言うのはやめてくれ」

「照れる」

まったく表情も声色《こわいろ》も変えないミラ。しかし、かなり機嫌がいいことが朔には伝わっていた。

「褒《ほ》めてないから」

「サクさんもグレゴリー様から、オリヴィア様に似ていると言われたとき、褒《ほ》め言葉だと言っていましたよ？」

「……そうだっけ？」

「ん。言ってた」

オチもなく、しょうもない夫婦漫才を切り上げ、ミラはシンシアにバングルを四つ差し出す。

「シンシア、これあげる」

シンシアは困惑しながらも、差し出されたバングルを両手で受け取った。

「ミラさん、これは？」

「逃げ足が速くなるお守り」

あまりにも情報が足りないミラの説明に、朔がミラの頭に手を載せて補足する。

「ミラ、それじゃ伝わらないから。ＡＧＬ強化が付与されたバングルです。最大継続時間は十分、効果は＋40。いざというときに使ってください」

説明を聞いていくうちに、シンシアはバングルを両手の上に載せたまま慌《あわ》てはじめた。

「はわわ⁉　魔導具⁉　＋40⁉　手作りのお守りのお返しに魔導具なんていただけませんよ！」

「これも私が自作したものですよ。使った魔石もFランクのものなので、お金はほとんどかかっていませんから。私たちもシンシアさんが一生懸命作ったものをいただいているのでおあいこです」

魔導具の価値についてあまり詳しくないシンシアは、そういうものかと思ったものの、不安になったため、上目遣いで再度確認する。

「本当にいただいていいんですか？」

「……も、もちろんです。あ、ちょうど順番が来ましたね。では、またいつかお会いしましょう！」

「はい！　またいつか！　さよ～なら～！」

朔は慌《あわ》てて何かから目を逸《そ》らし、彼女に手を振りながら別れを告げた。シンシアもまた大きく手を振って朔たちを見送っている。朔がミラの隣に座り直すと、ミラがぼそりと呟《つぶや》く。

「スケベ」

「な、なんのことかな？」

「おっぱい見てた」

上目遣いで前かがみになったシンシアの襟元《えりもと》からは、たわわに実った胸が見えてしまっていた。口ごもる朔に、ナタリア、エマ、バステトが追い打ちをかける。

「見てましたね」

「確実に見てましたわ」

「凝視《ぎょうし》してたにゃ～」

「見てたんじゃなくて、見えただけ！　すぐに逸《そ》らしたから！」

女性陣全員にバレていたことがわかり、朔は途端に恥ずかしくなってしまった。そんな朔に、ミラがメイド服の襟《えり》をつまんで、上目遣い風に朔を見つめる。

「……見る？」

「はしたないからやめなさい」

「むう……」

冷静に却下する朔に対し、不満げに頬《ほお》を膨《ふく》らませるミラ。いつも通りの穏やかな空気が朔たちを包んでいた。

一方、馬車が門の外に出て見えなくなるまで手を振っていたシンシアは、ギルドへと戻り、ダンたちにバングルを手渡した。彼女が満面の笑みで話をするうちに、ダンとガストロの顔は険《けわ》しくなっていき、彼女は会議室に連れていかれてこっぴどく怒られるのであった。

■

初秋の晴天の中、朔たちは北へと馬車を走らせる。暖かな陽射しを受け、リトは馬車の屋根で丸くなっており、シンはその真ん中にできた窪《くぼ》みにすっぽりと収まっていた。

「リア、ダンジョン都市まではどれくらい？」

「通常の馬車だと四日ほどなので、この馬車ですと二日で着くかと」

「結構近いね。ダンジョン都市から聖光教国まではどれくらいかな？」

「四、五日ですね」

「ありがと」

「いえいえ」

かなり大雑把《おおざっぱ》な地図を見ながら行程を確認している朔に、ミラが尋《たず》ねる。

「サク、何か企んでる？」

「カインたちは、あまり聖光教国へは行きたくないだろうからね。その間、ダンジョンに放り込むつもりだから、何日分ご飯作ればいいかなって考えてただけだよ」

朔は、カインたちと王都の風呂場で話した内容――シスターには感謝しているが、教会そのものには不信感を持っていること――を覚えていたため、彼らを聖光教国に連れていかずに、ダンジョンでレベル上げをしてもらうつもりだった。

そんな朔の考えに同意するようにナタリアが続く。

「美味《おい》しい食事があるとないとでは、気力の保《も》ちも全く違ってきますからね」

「料理人に本来の仕事をさせればいい」

「……いや、タンザは魔術師であって、料理人ではないからね」

朔は、ミラが誰のことを話しているのかをすぐに理解した。

王都を出てから、朔、ミラ、タンザの三人で料理をすることが多く、当初タンザのことを嫌っていたミラの態度はだいぶ柔《やわ》らかくなっていた。

「あれは魔術師もどきよりも、研究者や料理人の方が向いてる」

「ふふふ。それはそうかもしれませんね」

「面倒見もいいから、教師とかもいいかも」

「あれに教えを乞《こ》うのは嫌」

「あはは、タンザの授業は楽しそうだけどね」

引き合いに出されたタンザを餌《えさ》に話は盛り上がり、馬車は快調に進む。


一方、朔たちがダンジョン都市に着く前日、一人の男と一匹のオークもまた、目的地に辿《たど》り着いていた。彼らは今、暴龍の森のそばに立っている。

「ルース、達者でな」

「フゴゴッ」（道中世話になった）

「魔物にも人にも気をつけろよ」

二人は簡単な手話でやり取りをしており、最後に力強い握手を交わすと、ルースと呼ばれたオークは新品の武具を身にまとい、暴龍の森へと入っていった。残された男はルースを見送った後、一人呟《つぶや》いた。

「よし。とりあえずアサクラ男爵に頼まれた任務は一つ完了だな。次は、俺自身の任務、二人の冒険者の勧誘だ」

男――朔に命を救われた騎士爵のスミスが、ルースと呼ばれるオークを暴龍の森に送った理由はというと――

■

「サクさーん。ちょっといいかな？」

「クリフさん、どうしたんですか？」

朔が王都にいたとき、クリフが再度オリヴィア邸に滞在している彼を訪ねていた。メイドに朔の研究部屋へと通されたクリフは、いつもの調子で話しかける。

「会ってほしい人がいるんだよね」

「構いませんが、今度はどなたでしょうか？」

「連れてきてー」

クリフが後ろを向いて声をかけると、数人の兵士が一匹の古い傷跡があるオークを連れて部屋に入ってきた。

（……オーク？　どこかで見覚えがあるんだけど……ひょっとして前にからまれた貴族の子豚と一緒にいたオークか？）

「ベイブ卿のオークがなぜここに？」

朔が尋《たず》ねると、クリフは驚いたような顔をした。

「おお、サクさんはこのオークが誰かわかるんだね。実は、豚親子《ベイブ》も純血派の末端でね。彼らを処断した際、このオークをどうしようかって話になったんだけど……軍の兵士からテイムされるのを拒否しててさ。じゃあ殺処分するしかないんだけど、死ぬ前に何かしたいことはないか尋《たず》ねてみたら、サクさんにお礼を言いたいって言ったんだよ」

そこまで説明したクリフが、オークに視線を向けた。オークは朔に対して軽く頭を下げ、フゴフゴと鼻を鳴らして何かを話しはじめる。

「フゴッ、フゴゴッ」（先日は、ご助力いただき感謝する）

「えっと、リト、通訳してくれるかな？」

当然、仲魔ではない魔物の言葉を朔は理解できないため、足元で丸くなっていたリトに声をかけた。リトは顔を上げ、甘えるように朔に頭をこすりつけてから、通訳を始める。

「フゴッ！　フゴゴッフゴッ♪」（はいです！　ありがとうって言ってます♪）

「あの、短鞭で打たれそうになったときのことかな？　気にしなくていいですよ。それよりも、死ぬくらいなら私のとこに来ませんか？」

「フゴッフゴゴッ？」（おじちゃんも父上の仲間になる？）

「フゴッフゴゴッ」（従魔契約で何かを強制されるのはもう嫌でござる）

「フゴッフゴゴッ♪」(嫌なことをするのは嫌って言ってます♪)

「……？　嫌な命令なら断っていいんですよ？」

朔が、オークの言葉の意味がよく理解できずにそう尋《たず》ねると、リトが通訳する前にクリフが口を挟んだ。

「サクさん、従魔が主人の言うことを断れるわけないじゃない」

「えっ？　普通に断りますよ。シン、そのソーセージちょうだい？」

きょとんとした朔は、テーブルにいるシンに、今ついばんでいる粗挽《あらび》きウインナーソーセージを要求した。

「クッ」(やっ)

「ほら」

当たり前のようにシンは断り、ペースを変えずについばみ続ける。その姿を見たクリフは、少なからず衝撃を受けていた。

「その情報はあんまり聞きたくなかったんだけど。……シン君とリト君は、どうやってテイムしたの？」

「えー……シンは一角兎の肉と魔石で餌《え》づけして、リトは刷り込みと言いますか、卵から孵《かえ》るところに出くわしたら、仲魔になりたいと。普通は違うんですか？」

「あははははは！　餌《え》づけに刷り込み⁉　生まれたての魔物はテイムしやすいって聞いたことがあるから、リト君はともかく、サクさんはテイムしていないシン君に魔石をあげちゃったの？　あははははは！　……あー、失礼。普通は弱った魔物に従魔になれとテイムをかけてから、魔石をあげるんだよ。それが、魔物から仲魔になりたいだって？　くくっ、笑いすぎてお腹痛い」

（……なるほど。皆が従魔って呼ぶから不思議だったんだけど、そういうことだったのか。というか、笑いすぎじゃね？）

「……まあ、うちのことは置いておいて、オークさんはどうしたい？」

朔は、クリフを冷ややかに見つめていた視線を、オークに向けた。リトから通訳されたオークは、朔ではなくリトに向かって跪《ひざまず》く。

「フゴッゴッ、フゴゴッ」（許されるのであれば、坊主に仕えたいでござる）

「リト、何だって？」

「フゴッフゴゴッ♪」（僕の仲間になりたいって言ってます♪）

すると、朔の頭の中に機械的な声が響く。

《仲魔リトに対して、オークが軍門に降《くだ》ろうとしています。許可しますか？》

（……はい？）

《仲魔リトに対して、オークが軍門に降《くだ》ろうとしています。許可しますか？》

聞き取れなかったと判断され、朔の頭の中に同じ言葉が繰り返された。

（軍門に降《くだ》るって何だ？　戦ってないから降伏するってことじゃないだろうし……動物は喧嘩《けんか》してリーダーを決めることが多いけど、戦わずしてリトを群れのリーダーに認めたってことかな？　もういいや。よくわかんないけど、とりあえずＹＥＳ）

《オークが仲魔リトの配下に加わりました。……仲魔リトに未使用ポイントを確認。仲魔リトが編軍Ｉ及び軍団強化Ｉのスキルを習得しました。オークに名前をつけてください》

（いやいや、どうなってんだよ。内部ポイントみたいなのがあることはわかっていたけど、進化時以外でも使えたのか？　ダンジョンクリアでリトもポイントを手に入れていたのなら、十分残っているだろうし……というか、リトの配下になったのなら、リトに名前をつけさせろよ！）

朔が高速思考をフルで働かせて頭の中で叫《さけ》んだ。

機械的な声は朔のつっこみを無視し、いつもとは少し違う言葉を流す。

《あと三十秒以内に名前をつけないと、名なしでの登録になります》

（名づけなくてもいいのかよ！　でもまあ、オーク、リト、ベイブ……）

「お前の名はルースだ！」

一瞬どうしようか迷ったものの、結局朔はルースと名前をつけた。

その瞬間、朔はリトを通してルースに何かが繋がったような感覚があった。ルースもまた初めての感覚を覚えて慌《あわ》てはじめた。
「フゴッ？　フゴゴッ!?」（なんだ？　力が溢《あふ》れてくる!?）
（お、シンたちみたいに何を言っているかわかるな）
「ルース、落ち着け。俺の言葉がわかるか？　ステータスを見てもいいか？」
「フゴ？　フゴゴ」（おお？　主君の父君であれば是非もなし）
（……ルースは武人みたいだな。看破の魔眼）

NAME：ルース
SPECIES：オーク
LV：18
RANK：E
主君：リト
ステータス
HP：1208＋115（64）
MP：78＋34（4）
STR：163＋8（5）

VIT：184＋8（6）
AGL：93＋7（3）
DEX：82＋4（3）
INT：91＋5（3）
MAT：59＋2（2）
MDF：64＋6（2）
TALENT：
SKILL：身体強化Ⅱ、斧術Ⅰ、格闘術Ⅱ、忍耐Ⅳ

（うーん、才能値もリトの初期に比べると高くないし、強くはないかな。加算は……リトのステータスの二パーセントってとこか。というか、鞭《むち》か何かの古い傷跡はたくさんあるし、忍耐がⅣって……あの豚野郎！）

ルースのステータスを確認した朔が、ベイブへの怒りを顕《あらわ》にしていると、クリフから声がかかった。

「おーい、サクさーん。急に名前をつけたと思ったら、今度は怒りはじめたみたいだけど、何があったの？　僕たちにも説明してくれないかな？」

「ああ、クリフさん、申し訳ありません。どうやら、ルースはリトの配下になったようですね」

朔は表に出てしまっていた怒りを霧散させ、クリフの問いかけに柔《やわ》らかい口調で答えた。

「サクさんの従魔ってことではないの？」

「私の直接の従魔ではありません」

「……まあいっか。対外的にはサクさんの従魔ってことでよろしくね」

「それでルースが死なずに済むのであれば、問題ありません」

朔は、クリフの意図を汲《く》み取り、頭を下げる。

従魔が起こした責任は主人にあるため、気性の荒いオークは人気がある魔物ではないのだが、朔は悩むことなく受け入れた。

クリフは、にっこり笑顔になって会話を続ける。

「おっけー。じゃあ、話は変わるけど、なんか面白い魔導具とかない？」

「そうですね。まだ、護衛の皆様にも見せていませんが……」

朔はクリフを裏庭に待たせ、敷地にある倉庫へと向かう。

（さ、クリフさんは高値で買ってくれるかな？　アイテムボックス、馬車よ出てこい）

黒い渦《うず》の中から、ずずずっと出現する試作品の馬車。朔は軛《くびき》に手を当て、足に力を入れる。まだ重力魔法を付与していない重たい箱馬車をよっこらよっこら押していると、リトが駆け寄った。

「フゴッ」（手伝うですっ）

「リト、ありがとね」

「フゴッ♪」（はいです♪）

「クックーッ♪」（ボクも手伝う～♪）

リトは朔の真似《まね》をして軛《くびき》を押しはじめ、修業をしていたシンが飛んできて、朔の肩に留まる。

「シンもありがと。修業はどう？　狙った場所に飛ばせるようになった？」

「ククッ！」（ううんっ！）

「そっか。頑張《がんば》ろうね」

「クッ！」（あい！）

「フゴゴッ」（僕も頑張《がんば》るですっ）

和気あいあいと馬車を押す朔たちが裏庭に辿《たど》り着く前に、彼らに気づいたクリフがダッシュで近づいてきた。

「何これ何これ!?　シンプルな馬車だけど、ただの馬車じゃないんだよね？　そうだよね？」

「もちろん。見てみます？」

「見るさ！」

朔は馬車を停車させ、裏の入り口へと向かう。

「クリフさん、目を閉じてもらえますか？」

「え、僕は、ノーマルだからちょっと」

朔は手を差し出したが、クリフは照れたそぶりをしながら断る。

「はいはい。じゃあこちらへどうぞ」

朔とクリフは馬車の階段を上がり、中へと入っていく。二人やリト、シンに続き、ナタリアとミラはちょっとむくれた顔で入っていく。

「はああああああああああああ!?」

この、朔が現在旅に使っている馬車を一目で気に入ったクリフは、あれやこれやと詳しく説明を求め、散々迷ったあげくに朔に一輛《りょう》注文したのであった。

「じゃあ、リクさん頼んだよー♪」

「かしこまりました」

クリフはほくほく顔で帰っていき、朔は玄関の扉が閉まるまで頭を下げていた。扉が閉まる音が聞こえると、朔は悪そうな笑顔に変わる。

（よし。お金もたくさん巻き上げられたし、これで転移門のことは大丈夫かな。邪魔者は帰ったし、後はこっちか）

「それで、ルースはどうしたい？　俺たちは旅に出るけど、一緒に来る？」

朔は邪悪さを霧散させ、リトの右後ろに控えているルースに尋《たず》ねた。ルースはリトに向かって片膝をつき、頭を下げる。

「フゴッ、フゴゴッ」（主が旅に出るのであれば、それがしも武者修行に行きたいでござる）

「そんなに仰々《ぎょうぎょう》しくしなくていいから。別の場所でってことかな？」

「フゴゴッ……」（人とは一緒に暮らしたくないゆえ……）

ルースは弱々しく答えた。朔はそんなルースの肩に手を置き、優しい声色《こわいろ》で語りかける。

「わかった。いいよ。今までずっと嫌なことを命令されて、我慢してたんだもんね。じゃあ、ルースは暴龍の森に行くといいと思うよ」

「フゴッ!?」（本当か!?）

「もちろん本当。でも人は襲ったらダメだよ」

朔がルースの目をじっと見てはっきり肯定すると、ルースは嗚咽《おえつ》しながら無言で頭を下げた。朔はルースの背中をとんとんと優しく叩《たた》いた。そして、朔の屋敷での戦闘訓練が一段落して、そばに来ていたスミスを見る。

「スミスさん、あなたにはスタットの街にいるギルバートさんとシドさんを私のクランに勧誘してもらうようお願いしておりますが、先にルースを暴龍の森まで送ってあげていただけませんか？」

「構いませんが、私はオークと話せません。道中大丈夫でしょうか？」

「二人には簡単な手話を教えますので、それでなんとか意思疎通を図ってください」

「フゴッ？」（手話？）

「手話とは？」

手話というものを知らない二人は首を傾《かし》げるが、朔はにこりと笑って続きを話す。

「はい。これからお話しします。他にも斧の修業など、時間はありませんが、準備はできるだけやりましょう」

（他は、魔石を食べさせてレベル上げと、ルース用の武具に……人と出くわしたときのための何かも……）

その後、スミスとルースは順調にやるべきことをこなした。二人は、ごく簡単な会話はできるようになり、無事に出発したのであった。

■

朔たちはダンジョン都市の外、東門近くに馬車を停めていた。

朔はこの街に着く前日に、皆を集めて今後のことを説明しており、ラッキーフラワーやアルたちは朔の案に同意していた。

朔たちは馬車から出て、ラッキーフラワーたちを送り出す。

「カイン、キザン、ツェン、バステト、タンザ、無理はしないようにね。ライ隊長、皆を頼みます」

朔はラッキーフラワーの一人ひとりと目を合わせてから、ライに深々と頭を下げた。

そんな朔に、ラッキーフラワーの面々とライが声をかける。

「サクさん、心配してくれてありがとうございます。サクさんも、道中お気をつけて」

「なかなかない機会だからな。できるだけ深く潜ってくるぜ」

「六大迷宮、楽しみっす！」

「お風呂に入れないのがつらいにゃ……」

「バス、サクさんから面白い魔導具をいただいてますよ」

「本当にゃ!?」

「うるさい！　サク男爵、こいつらの面倒はしっかりと私がみますのでご安心ください」

朔は皆の言葉を聞き、顔を上げて微笑《ほほえ》む。

「できるだけ早く戻ってきますので、よろしくお願いします。皆、何度も言うけど、絶対に死なないでね」

「はい！」

「わかってるよ」

「もちろんっす」

「にゃはは、サク様は心配性だにゃ」

「サクさんからいただいた装備や魔導具類を、迷宮の宝物にはさせませんよ」

「大したものじゃないから、そんなもの放り投げてでも帰ってきてくれればいいよ」

((((サクさんの中では、この性能でもホントに大したことないんだろうなあ))))

朔は、ラッキーフラワーとライがダンジョン都市に入っていくのを見届けると、不安そうな顔でちらちらと彼らが向かった方を見ながら、ゆっくりと馬車に乗り込んだ。


その日の夜、朔が自室でオリヴィアからもらった本を読んでいると、扉がノックされ、薄手の部屋着を着たナタリアとミラが入ってきた。

なお、リトは丸くなって寝ており、シンは見張りのため外にいる。

朔は本を閉じて、二人に笑顔で尋《たず》ねる。

「二人とも、どうしたの？」

「ラッキーフラワーの皆さんと別れるとき、サクさんが少しつらそうだったので、お慰めにきました」

「夜這《よば》い」

(隠そうとしたつもりだったんだけどなあ……)

あんな態度でバレないわけもなく、二人は朔の心中を察していた。朔はそんな二人に、正直な気持ちを吐露《とろ》する。

「……リアもミラもありがとね。やっぱり心配でさ。仲のいい誰かが自分のそばからいなくなるって考えると怖くなるんだ」

「お父様やお母様のようにですか？」

「そう。それと、俺の記憶にない誰かもね」

朔はナタリアの問いに答えると、空の方を見上げた。

「思い出したの？」

「ううん、それはまだ。実は少し前から知ってはいたんだけど、二人には伝えとこうかな。診断」

朔はミラの問いかけに首をゆっくりと横に振りつつ答え、自分の手のひらを見つめて診断を発動させる。

状態：記憶喪失（一部）

脈：正常

呼吸：正常
外傷：なし
治療法：条件の達成

朔は目に映った内容をナタリアとミラにそのまま伝えた。

二人は目を見開き、ナタリアがぼそりと呟《つぶや》く。

「……条件の達成ですか」

「うん。これって変だと思わない？」

「ん。変。誰かが意図的にそうしたとしか思えない」

朔の目を無表情に見つめて、何かを確信しているような様子のミラ。

「俺もそう思う。そしてそれをできるのはやっぱり――」

「――アルス様しかいない」

「だよね。推測でしかないけど、こんなことってアルスを含めて、神様にしかできないと思うんだ。だから、アルスと直接会って話をすれば、何かが解決すると思う」

朔は、再度視線で上を示しながら話した。ナタリアに当然の疑問がふと浮かぶ。

「今でも、お話しできるのでは？」

「念話で聞いても、あいつはきっとはぐらかすよ。それに、あいつが会いに来いって言ったからさ」

「この話は聞かれてないの？」

「多分ね。四六時中聞いてるわけでもないだろうし、ここには——がいないからね」

朔の思いがけない言葉に、ナタリアが驚いて声を上げる。

「え⁉　それはどういうことでしょうか？」

「これも推測でしかないけどさ。俺からアルスに声をかけて、あいつから反応があるときとないときでは明らかに違うことがあるんだよ。なんか正直に話をしたらすっきりしたよ。リアもミラもありがとね」

朔は話を切り上げるように感謝を告げ、二人に笑顔を向けた。

「いえいえ、私でよければいつでも、どんな話でもお聞きしますよ」

「嘘。まだ強がってる。今日は三人で一緒に寝る」

ナタリアは優しく微笑《ほほえ》み、朔の言葉に同調したが、ミラは朔の身体に身を寄せてベッドを見る。

朔の不安な心のうちなど二人にはお見通しであり、ナタリアは見守ろうとし、ミラは一歩踏み込んだ。

「ひゃい⁉　いい、い、い、一緒にっ⁉」

「……ミラ、ありがと。うーん、婚約者だし、一緒に寝るくらいはお願いしてもいいのかな？」

一瞬で顔が赤くなり、奇声を上げるナタリア。朔は二人に対して交互に視線を向けて尋《たず》ねた。

「わわわわ私は構いません！」

「悪いわけない。ついでに子作る？」

「こっ⁉」

慌《あわ》てながらも添い寝までは同意したナタリアであったが、ミラの言葉により耳まで赤くして固まった。そんな二人に朔は語る。

「それは早いから。……それに、ちょっと怖いんだよね」

「何が怖いの？」

「この前さ、大切な人をなくしたって言ったって指摘されてから、必死に思い出そうとしてたんだけど……多分俺が失った記憶って、元の世界で十五歳くらいのときのことなんだ。夏のある日の朝に、突然心にぽっかりと穴が開いたような、何かすごく大切なものを失くしてしまったような感覚があったのを思い出したんだよ」

朔は深く息を吸い込み、さらに話を続ける。

「思い出してみると、それ以来、女性と深く付き合うのが怖くなってたんだ。向こうでも普通に話すことができるくらいには回復していたし、こっちに来てからリアに出会って、ミラに出会って、だんだんその恐怖心は弱くなっていった。二人と結婚して幸せな家庭を築きたいと本気で思ってるんだけど……子作りするのはまだちょっとだけ怖いんだ。情けなくてごめんね」

（はあ……どうにかできないかと思って、あんなスキルまで取ったのに、本当に情けなくてしょうがないな）

「大丈夫ですよ。私たちは消えてなくなったりしませんから」

「サク、ごめんなさい。焦《あせ》らなくていい」

朔の告白の途中で正気に戻っていたナタリアは朔を優しく抱きしめ、ミラもまた朔にぎゅっと抱きつき語りかけた。

二人に抱きしめられた朔は、涙が止まらなくなってしまう。朔は涙を流しながら、二人を強く抱きしめ返す。

「二人ともありがとね。二人のおかげで、俺はとても幸せだよ」

「私も幸せです」

「ん。私も」

その後、三人はベッドで川の字になり、抱きしめ合いながら眠りにつくのであった。

あくる日、朔は夜明け前に目を覚ました。右腕の上では、ナタリアが背中を向けて静かに寝息を立てている。左を向くと、ミラの赤い目が朔を見つめていた。

「眠れないの？」

「いつも起きる時間。でも、起き上がりたくなかった」

ミラは目を閉じ、朔の左腕に顔をこすりつける。その姿を見た朔は口元を緩《ゆる》ませ、ミラの頭を優しく撫《な》でた。

しばらくの間、朔がさらさらとしたミラの髪の感触を楽しんでいると、ミラが目をぱっと開けて起き上がる。

「ご飯作る」

「じゃあ、俺も起きようかな」

ミラの動きにつられ、朔が身体を起こそうとすると、ミラが左手の人差し指を朔の唇に当ててそれを阻《はば》んだ。ミラは、動きを止めた朔の唇から指を離し、その指を自分の唇に当てる。

「サクはリアを撫《な》でる。リアは甘え下手だから、ちゃんとサクから甘えさせないとダメ」

ミラの言葉で朔がナタリアの方を向くと、彼女の耳がぴくぴくと動いていた。

（……どっちが年上なんだかね）

「ミラ、ありがと。ご飯よろしくね」

「ん」

ミラは朔に笑顔を向けてから、ぱたぱたと足音を鳴らして部屋から出ていき、朔は頭を枕に落とす。すると、顔を少し赤くしたナタリアが朔の方に身体を向けた。

朔は、右手でナタリアの頭をゆっくりと撫《な》でながら声をかける。

「リア、おはよ」

「サクさん、おはようございます」

「リトの甘えん坊は、リアに似たのかな？」

「……いじわる」

さらに真っ赤になったナタリアは、顔を朔の身体に押しつける。朔はそんなナタリアを抱きしめてくすくすと笑った。

十分ほどいちゃついた二人は起き上がり、ナタリアは着替えるため部屋から出ていった。
朔が足元で丸くなっているリトと、いつの間にか戻ってきていたシンを優しくわしゃわしゃと撫《な》でていると、アルスの声が頭に響いてきた。
《でも、起き上がりたくなかった》
（……アルス？）
《いじわる》
（なんだよ）

《我は神だ》
(知ってるよ)
《謝罪と賠償を要求する！》
(なんでだよ！)
《朝から胸やけをさせた罪だ！》
(お前がプライバシーの侵害をするからだろうが！)
《神《ボク》に対して人《ハニー》にプライバシーなどないのだ！》
(この出歯神《でばがみ》が！)
《……くっ！　いいから照り焼き丼を作ってお供えすること！》
(ったく、はいはい。わかったよ)
《『はい』は一回！　じゃあまたね、ハニー。……もうすぐ会えるのを楽しみにしてるから》
(ああ、またな、アルス)
いつも通りの態度でアルスは朔のことを一通りからかい、最後に食事の要求をして念話を切った。
起き出した朔は厨房《ちゅうぼう》へと向かう。そして、ミラが食事の準備をしている横で照り焼き丼を作り、アイテムボックスにお供えするのであった。
《もぐもぐ……照り焼きとご飯の組み合わせ、最高、最強。一味マヨネーズで味変もまたよき！》

第三章　神アルスの真実

「サクさん、見えましたよ。あれが聖光教国です」

　二日後の昼、ナタリアが指差す方向——高く険《けわ》しい山の麓《ふもと》、青と白のコントラストが美しい都市が広がっていた。その光景を見た朔は、思わず声を上げる。

「おお～、綺麗《きれい》な町だね。あの高い山の途中にある建物は何だろ？」

「そうですね。見た目の美しさは大陸有数だと思います。あれこそ、目的地である本神殿です」

「随分高いところにあるんだね。そういえば、ダンジョンがあるんだっけ？」

「私は入ったことはありませんが、本神殿の奥にダンジョンの入り口があるそうですよ。なんでもゴースト系がメインのダンジョンのため、聖魔法の使い手がいないと厳しいそうです」

「へ～、霊山か何かなんだろね。まあ、入ることはないからいいけどさ」

　朔には、このダンジョンに入るつもりは一切なかった。貴族が旅に出る理由づけとしてダンジョン対策特大使に任命され、その仕事を放棄しているわけではないのだが、この訪問は私的なものだと考えていたからである。のんびりした様子で景色を眺めている朔に、ミラが不安になる一言を漏らす。

「フラグ？」

「いや、入ったら聖魔法使えるのがバレるから入らないよ」

「それがよろしいかと。そもそも、ここのダンジョンは一般の冒険者は入場できませんし、出てくるのがゴースト系のため素材も手に入りません。カインさんたちを待たせているので早く戻りましょう」

（ん？　なんかリアの声がいつもより早口だったような？）

朔は少しだけ違和感を覚えたものの、気にしないことにして再び明媚《めいび》な風景に視線を向ける。

山の頂上付近は雪で白く輝いており、朔はふと思ったことを、ミラとナタリアに投げかける。

「話は変わるけどさ、二人の故郷ってどこにあるの？」

「北のどこかにある雪女の村って、オリヴィアが言ってた」

「私はエルフの里ですね。大陸中央の北側、公国の南に広がる深い森の中にあります。どうかされましたか？」

「うん。婚約の報告を二人の家族にしなくていいのかなって思ってさ。もし二人が望むなら、どんなに遠くても行きたいし」

朔は山頂の雪を見て、ミラの故郷を連想していた。捨てられたミラにとって、行きたい場所ではないことは理解していたのだが、聞いておいた方がいいと考えたのだ。

「私の家族は、オリヴィアと皆」

「……そっか、そうだよね。ミラ、ごめんね」

気まずい空気が流れる……かと思いきや、ミラは表情も声色《こわいろ》も変えることなく話を続ける。

「ううん。気にしなくていい。筋を通すのは大事なこと。私を捨てた理由を、出発前にオリヴィアから聞いた。今は、ちょっとだけ感謝してる」

「……その理由って、聞いてもいいのかな？」

「ん。スキルが使えなかったから」

「え？　それだけで？」

「ん。雪女は氷火《こおりび》っていう、相手の生命力を燃やす種族スキルを持って生まれてくる。けど、私には使えなかった。だから人族の商人の男に預けられたと聞いた」

「……そんな。なんでそんなに」

淡々と話すミラ。あまりにも普段と変わらない様子に、朔は逆に衝撃を受けていた。それを感じ取ったナタリアが、フォローを入れる。

「サクさん、人族の常識ではたったそれだけのことと思われるかもしれませんが、種族単位で住む魔族の掟《おきて》やルールは、人族の常識では考えられないような厳しいものも多くあるそうです。また、過酷な環境であればあるほど、それは強い傾向にあるとも。ミラの母は、ミラを守るため人に預けたのだと推測されます」

「ん。オリヴィアもそう言ってた。だから私は大丈夫。大事なのは今。大切な家族。大切な仲間」

ミラはそう言い、朔の方をちらりと見て微笑《ほほえ》んだ。彼女は確かに人見知りではあるが、その情は朔たちの誰よりも広く、深い。

朔は、すぐに前を向いた彼女の横顔を見つめる。

(人見知りのミラが俺たちを家族だと、皆を仲間だと言ってくれたんだ。俺もうじうじはしてられないか。ちゃんと幸せにしないとな)

「サク、そんなに見られると照れる。それとも子作りたくなった？」

「……その話は、また今度」

「いけず」

ミラは、いつも通りのミラであった。朔は肩の力が抜け、ほっと胸を撫《な》で下ろす。

「それより、リアはどうするの？」

「私の方も特に問題ありませんよ。百年ほど会っていませんし……」

ミラがナタリアに話を振ると、彼女は手を口元に当てつつ答え、そして何かを思い出した様子で手をぽんと打った。

「あ、子が生まれたら一度報告に行かなければなりません」

「それって、エルフの習わしか何か？」

「はい。家族にというのもありますが、子が生まれて二十年以内に精霊樹に報告をすることになっていますね」

「二十年以内って、ずいぶんとのんびりした期限だね」

「世界を旅していると、戻るまでに数年はかかりますから。それに、子供が生まれてすぐに長期間の旅はできませんし」

「それもそうか。……精霊樹に報告ってどうやってするの？」

朔はこのとき、精霊樹の枝がにょろにょろと動いてその子を包み込むような、ファンタジーらしい様子を思い浮かべていた。しかし、ナタリアの返答は幾分現実的だった。

「子の一部、髪や乳歯を少し取っておき、それを精霊樹の根本に植えて報告します。そうして初めて、精霊樹に連なる者と認められるのです」

「へ～、大事な儀式なんだね。そのときは必ず一緒に行こう。ミラもついてきてくれる？」

朔は詳細な説明を聞きそびれたが、精霊樹に連なる者と認められたため、ナタリアやエルフは森に生きる動植物の声がわかるのだ。だから、十分ファンタジーなのだが、そのようなことを知らない朔は、宗教上の儀式のようなものだろうと、深く考えずにミラに話を振った。

「ん。一緒に行けるところにはどこでもついてく。……そのときには、私の子にも故郷の景色を見せてあげたくなるかも」

ミラの言葉に、朔はぱっと笑顔になる。

「もちろんいいよ！　楽しみがまた一つ増えたね！」

「一緒にいると楽しいことが多くてとても幸せです」

「ん」

幸せの雰囲気《ふんいき》を感じ取ったのか、イアンとトウカがご機嫌そうにいなないた。後ろの席で丸くなっていたリトの尻尾《しっぽ》はふるふると揺れ、朔のフードの中にいるシンは鼻提灯《はなちょうちん》を膨《ふく》らませる。目的地は確実に近づいていた。

■

朔はルイを先触れとして派遣し、アルたちやラッキーフラワーは外に出る。それにあわせて馬車の速度を徒歩並みに落としてゆっくりと進む。正門に辿《たど》り着くと、神官の衣装と騎士の鎧が混じった儀仗兵《ぎじょうへい》のような格好の兵士たちが朔のもとへとやって来た。

「パストゥール王国のアサクラ男爵ですね？　貴族証の提示をお願いいたします」

「どうぞ」

「ありがとうございます。確認いたしました。また、アサクラ男爵を含め、お連れの皆さま全員、こちらの水晶にお手をかざしてくださいますようお願いします」

兵士たちが持ってきていた水晶に、朔たちが一人一人手をかざすと、水晶がそれぞれ青白い光を放った。

「はい。結構です。ご協力ありがとうございました」

「ありがとうございます。こちらをお納めください」

朔は、軽く頭を下げた兵士の手に、そっと袋を握らせる。

「これはこれは、アルス様のご加護があらんことを」

兵士は袋の中をちらりと見ると、にこりと笑顔を作り、深々と頭を下げた。彼は顔を上げた後、すぐに次の馬車へ向かおうとしたが、何かを思いついたように引き返してきて、朔に小声で告げる。

「一つご忠告を。ここで争いを起こされるとは思いませんが、西側の人間も少なくないため、魔族の方や従魔はあまり目立たないようにされた方がよろしいかと」

（……クリフさんが言ってたやつか。どうするかね）

「ご忠告感謝します。じゃあ皆、入ろうか」

朔たちは、城壁の中へと入った。城門の内側はターミナルのようになっており、多くの巡礼者と見られる者たちが馬車から降りる姿や、空《から》になった馬車に巡礼帰りであろう者たちが次々と乗り込んでいるのが見える。

「熱心な信者が多いんだね。それに、人族だけじゃないんだ」

その様子を眺めている朔の呟《つぶや》きに、ナタリアが答える。

「麦の収穫が終わったので人が集まっているのだと思われます。聖光教は寛容ですからね。精霊信仰や土地神信仰など、地域によって様々な宗教がありますが、それらと上手く共存し、広く根づいています」

「そうなんだ。皆で仲良くできるのはいいことだね。それだと、宗教戦争なんて起きにくいだろうし」

「はるか昔には宗教戦争もあったようですが、あるとき大陸中の人々の頭の中に声が響いたそうですよ。人類同士で争っている場合ではないと」

「神様から実際に言われたら、やめざるを得ないね」

「ん。戦争は不毛」

「俺もそう思うよ」

朔たちが話しながら馬車を進めていると、青い服を着た神殿の関係者らしき男たちと一緒にいるルイが手を振っているのが見えた。そのまま彼は朔たちの馬車に近づいてきた。

「サク男爵、カルドス枢機卿《すうききょう》がお会いしたいそうです」

「……え？」

(枢機卿って、だいぶ偉い人だったよね？　なんで？)

朔が言葉に詰まる中、男たちの中で一番立派な衣服を着た男が、一歩前に出た。

「アサクラ男爵、お目にかかれて光栄です。私は、カルドス枢機卿の使いの者です。こちらの宿に部屋を取っておりますので、旅の疲れをお癒《い》やしになってください。明日の正午前にはお迎えにあがりたいのですが、ご都合はいかがでしょうか？」

(……宿まで用意されてて断れないだろ)

「過分なおもてなしに感謝を申し上げます。喜んでお伺《うかが》いします」

逃げ場はないと悟った朔は、軽く頭を下げて了承する。

「ご了承ありがとうございます。では、ごゆるりとお過ごしください」

男は白い歯を見せて先ほどよりも幾分明るい声で感謝を述べると、頭を下げてから去っていった。

朔たちは、馬車を裏庭に回してからアイテムボックスに収納し、宿屋に入る。入り口のすぐそばには案内人が待っていた。案内人はリトを見て一瞬表情を曇らせるが、すぐに愛想笑いを作り、朔たちの案内を始める。

最上階を貸し切りにしてあるから使ってほしいと説明を受け、一旦朔たちは最上階でも一番大きな部屋に集まった。

ライは案内人が下の階の下りたことを気配察知で確認し、ルイに説明を求める。

「ルイ、何があったんだ？」

「門にいた兵士に、サク様が本神殿で礼拝をするために来た旨を伝えたら、あれよあれよという間にこうなってしまったであります！　先程の者の言葉では、サク様が来ることを知っていたようであります」

(俺たちが来ることを知っていた？　さっきの人たちからは嫌な感じを受けなかったし、どうにかなるか)

「ルイさん、ありがとうございます。じゃあ皆、今日はゆっくり休んでください。お酒もどうぞ」

朔たちは、部屋割を決めて解散した。

なお、護衛たちは、イルが自分は残ると言ったことと、朔が強く勧めたことで、宿屋に併設された酒場へと繰り出していった。

次の日の昼、予定通りに来た迎えに連れられ、朔たちはカルドス枢機卿の屋敷に向かった。屋敷こそ大きいが、あまり華美な装飾品はなく、また至るところにアルスとは似ても似つかない像や絵画等が飾られていた。

（神様らしい姿だけど……誰だこれ？）

そのまま広々とした食堂へと案内され、朔は一番上座《かみざ》に用意された二席のうちの一席に座らされる。すぐに、一人の神官の服を着た老人が数人のおともを引き連れて食堂へと入ってきた。

（朗《ほが》らかそうなおじいちゃんだな）

朔がにこにこと微笑《ほほえ》んでいる好々爺《こうこうや》のようなカルドスを見て安心していると、彼が話しかけてきた。

「アサクラ男爵、よく来てくれた。男爵とは一度話をしてみたかったのだ」

「猊下《げいか》、パストゥール王国より男爵を拝命しているサク・フォン・アサクラと申します。お目にかかれて光栄です。私のことをご存じなのですか？」

朔は立ち上がり、深々と頭を下げた。上座に用意されていた残りの一席に座ったカルドスが、朔に返答する。

「ああ、そなたについては錬金術界の革命児など、色々な話を聞いておるからな。それに、手紙が三通届いたのだよ。まあ立ち話もなんだから座りなさい」

「失礼します。手紙でしょうか？」

カルドスに促され、朔は椅子に座り直してから再度彼に尋《たず》ねた。カルドスは、何がなんだか理解していない朔を見て、笑いながら説明を始める。

「くっくっく、何も聞いていなかったようじゃな。クリフ宰相、オルレアン辺境伯、そしてリィナ公爵夫人からじゃ。皆の内容は、そなたをよろしく頼むということと、本神殿への参拝の許可の依頼じゃよ。今の時期は参拝者が多く、入山に制限があるのでな。一般の者は、三～五日ほど待たなければならないのじゃ。寄付をした貴族を優先して入山させるのはよくあることではあるのじゃが、そなたはよい友人が多いようじゃな。もう十分すぎるほどの贈り物をいただいておる」

（そんなことを裏でしていてくれたなんて……クリフさん、アベル様、リィナ様、ありがとうございます）

朔が頭の中で三人に感謝をしている中、まだ笑っているカルドスは話を続ける。

「クリフ宰相からは普通の貴族が寄付する五倍ほどの金銭だったのじゃが、辺境伯と公爵夫人からの贈り物が傑作《けっさく》でな。なんと、料理のレシピを贈ってきたのじゃよ！」

「……まさか、私の？」

「その通りじゃ。今まで様々な寄付や贈り物を受けたが、料理のレシピとは初めての経験でな。どんな味がするのか気になり、すぐに料理人に作らせた。これが本当に美味《うま》いこと！　偏食がひどく野菜嫌いな孫娘まで、野菜が入ったスープとオムライスをたくさん食べてくれての。儂《わし》にとって、何よりも嬉しい贈り物じゃった。アサクラ男爵、最大の感謝をそなたに贈る」

とても愉快そうに話していたカルドスは、にこやかな笑顔のまま朔に感謝を告げ、頭を下げた。はるかに身分が高い者からの行動に、朔は慌《あわ》てて答える。

「猊下《げいか》、頭をお上げください。私の功績ではありません」

「謙虚も過ぎれば美徳ではないぞ。特に、感謝は受け入れるべきじゃな。ハンス、ブリジットをここに呼んでくれ」

顔を上げたカルドスは、朔に忠告をしてから使用人に声をかけた。数分もしないうちに、ハンスは十七、八歳ほどの勝気そうな顔をした女性を連れて、部屋に戻ってきた。その女性は朔とカルドスのそばまで近づくが、朔の顔を見るなり、あたりをきょろきょろと見回しはじめる。

「ブリジットどうした？　早く挨拶《あいさつ》をしなさい」

カルドスの言葉でブリジットは再度朔の方を向き、彼のことをじーっと見つめてから、何か腑《ふ》に落ちない様子で口を開いた。

「……私はブリジットと申します。あの料理は本当に美味《おい》しかったですわ。あなたはお父上に料理を習ったのかしら？」

（ん？　なんだ？）

「はい。その通りですが、なぜそれを？」

朔が怪訝《けげん》そうにブリジットに問うのだが、その答えに場が一瞬で凍《こお》りついた。

「それはいいですわ！　あなた、ここで料理長になりなさいな！」

（…………はい？）

「えー、申し訳ありませんが、お断りします」

思考停止に陥《おちい》っていた朔はいち早く復活し、ブリジットに頭を軽く下げて断った。しかし、彼女は顔を赤くして捲《まく》し立てる。

「なぜですの!?　いくら功績があるからといって、お爺様《じいさま》との会食に子供を名代《みょうだい》として遣わすなんて、アサクラ男爵が貴族界でこの先も上手くやっていけるとは思えませんわ！　それに、各地のダンジョンを巡るのでしょう？　成人したばかりのような子供を連れていくなんて、親としてあり得ませんわ！　一代貴族なら、あなたは貴族にはなれないんですのよ？　ここに残って、料理の腕を磨き、安全に安心して暮らした方がいいに決まっていますわ！」

（そっか、盛大に勘違いしてたのか）

「ブリジット嬢、お名前を教えていただいたにもかかわらず、名乗りもせずに申し訳ありません。私は、パストゥール王国より男爵を拝命しているサク・フォン・アサクラと申します。私は、レオン王よりダンジョン対策特命大使の任を受けているため、料理人になることはできません」

ブリジットが早口で捲《まく》し立てたため、息を切らしている中、朔はできるだけゆっくりと落ち着かせるように説明した。

「……え？」

ブリジットは固まり、我に返ったカルドスが彼女を怒鳴《どな》るように叱責《しっせき》する。

「ブリジット！　こちらは、アサクラ男爵の子息ではなく、アサクラ男爵本人だ！　お前は何を考えておる！」

ブリジットは、自分が思い描いていた像と、実際の朔がかけ離れていたため、朔のことを勝手に『アサクラ男爵』の息子だと思い込んでしまったのだった。

「えっ？　えっ？　だって、とても美味《おい》しい料理を作る料理人、画期的な魔導具の研究者である上に、ダンジョンまで攻略されたとてもお強い方なんですわよね？」

「あはは。そのように褒《ほ》めていただけると何だかむず痒《がゆ》いですね。私はまだまだ若輩者《じゃくはいもの》ですが、ありがとうございます」

「あなたは耳が長くありませんが、ハーフエルフか何かなのかしら？」

話を流そうとしている朔の気遣いをよそに、混乱しているブリジットは、自己を正当化しようとして必要ないことを口走ってしまった。

「いいえ、私は人族ですよ」

（おいおい……面倒くさいぞ、この人）

「何を失礼なことを言っておる！　謝罪せんか！」

カルドスの怒鳴《どな》り声によって、ブリジットは謝罪しなければいけないということだけは頭で理解したものの、暴走していたせいで、周りの予想の斜め上を行ってしまう。

「アサクラ男爵、申し訳ありません。先程の言葉は撤回《てっかい》させていただきますわ。ですが、いくら周りの方が優秀とはいえ、ダンジョンに潜るのは危険ですわよ？　そうですわ！　私が、ここのダンジョンでレベルを上げて差し上げますわ！」

(んん？　何がどうなってそうなったんだ？)

間違えてしまったことへの羞恥心《しゅうちしん》や焦《あせ》りにより、ブリジットは朔が貴族の子供の初陣《ういじん》のように、ダンジョン攻略の後ろをついていっただけであり、実際に戦闘はしていないと解釈してしまったのだ。

「本神殿へ参拝に行く際は、私がご案内いたしますわね――あいたっ⁉」

ブリジットの暴走は、椅子から立ち上がったカルドスの拳骨《げんこつ》により、無理矢理終止符が打たれた。

頭を手で押さえ、痛みで蹲《うずくま》るブリジットをよそに、カルドスは朔に対して頭を下げる。

「この馬鹿が！　アサクラ男爵、私の孫娘が申し訳ない。気分を害されたであろうが、どうか許してやってくれまいか」

「お爺様《じいさま》⁉　頭を叩《たた》くなんてひどいですわ！」

「うるさい！　お前も頭を下げんか！」

へたり込んでいたブリジットは立ち上がり、目に涙を溜《た》めたままカルドスに文句を言うが、今度は強制的に頭を下げさせられた。

（……この反応ってある意味普通なのかもなー。元々の年齢ならともかく、今の見た目は十五歳だし、今までの人たちがいい意味で変だったのかもね）

「お二人とも、頭をお上げください。私は気にしておりませんので。ブリジット嬢、もし案内を頼めるのであれば、この街を私の護衛たちに案内していただけませんか？」

興奮して顔が赤くなっている二人とは対象的に、朔はにこやかに提案した。

「私がこの街をですか？」

「はい。本神殿に向かうのは私と、私のパーティメンバーであり、婚約者であるナタリアとミラ、仲魔であるシンとリトだけですので。その間、この街に詳しく、ブリジット様のような美しい方にご案内いただければ、護衛たちも喜ぶのですが」

（皆、ごめん。この人、何か頼まないと収まりがつかなそうだし、俺たちを案内してもらったら、なんだかんだ言われてダンジョンに連れていかれそうで面倒くさい。埋め合わせはするからお願いします）

朔は、お世辞《せじ》を交えてブリジットにお願いした。愛想笑いを浮かべつつ、朔が頭の中でアルたちに謝罪していると、ブリジットは朔が紹介したナタリアたちを見渡し、若干顔を引きつらせながら返答する。

「……こ、個性的なパーティですのね。わかりましたわ。失礼なことを言ってしまいましたし、その役目しっかりと果たさせていただきますわ。それでは、準備をして参りますので、食事を楽しんでくださいな」

ブリジットは、丁寧にお辞儀《じぎ》をすると、逃げるように部屋から出ていった。彼女が出ていったのを見届けたカルドスは、はぁ～っと深いため息をついて、朔の方を向く。

「あの馬鹿孫が。普段はあそこまでではないのじゃがな。あこがれていた男爵に会えると思って浮かれていたのじゃろう。すまなかった」

「私は、なんとも思っていませんので、お気になさらないでください」

「では、昼食会を始めよう。北海の幸を用意したので、楽しんでくれ。ハンス」

カルドスが使用人のハンスに声をかけると、使用人たちが扉から入ってきて、蟹《かに》やサーモンなど様々な魚介類を使った料理が並べられた。

朔たちは、それらの料理に舌鼓《したつづみ》を打ち、カルドスらとの会食を楽しむのであった。

――昼食会後。

「……ということで、今日皆を案内してくださるブリジット嬢です。せっかくの旅ですので、たまには観光を楽しんでください」

朔たちは一旦宿屋へと戻り、昼食会に参加していなかったアルたちにブリジットを紹介した。なお、イルとルイに関しては、終始気配を消していたが、正式な朔の家臣であるため、あの場に参加しており、苦笑いを浮かべている。

「サク男爵、私たちは……」

「いいから行くであります！」

アルが朔に何かを言いかけるが、空気を読んだルイが素早く割って入って阻止した。

「じゃあ、皆さん行きますわよー。まずは、大聖堂から参りましょう」

このときには、ブリジットは落ち着きを取り戻しており、元気よく案内役を務めようとしていた。アルたちがやれやれといった様子で歩きはじめる中、ただ一人ロジャーが積極性を見せる。

「ブリジット様、私はロジャーと申します！　ブリジット様のようなお美しい方に教国の案内をしていただけるとは、光栄の極みです！」

「うふふ、ロジャー様はお上手ですわね。この国には見所がたくさんありますので、楽しんでくださいな」

ブリジットがアルたちを連れて意気揚々と観光に出ていったのを見送り、朔たちはハンスの案内で本神殿へと向かった。麓《ふもと》にある大きな門に着くと、ハンスが手紙を取り出して、門番に手渡す。

彼らが二言三言交えると、朔たちは門を通るように促された。

朔たちはハンスにお礼を言い、門を通った。そして朔は高い山の中腹にある本神殿を見上げながら、ナタリアたちに話しかける。

「また登山だね。皆大丈夫？」

「なかなか急勾配《きゅうこうばい》ですが、問題ありません」

「ん。大丈夫」

「フゴッ！」（大丈夫です！）

「クッククーッ！」（大丈夫ー！）

「じゃあ、皆転ばないように気をつけて登ろう」

朔たちは本神殿を目指し、山を登りはじめた。朔は、頭の中でアルスに語りかける。

（アルス、待ってろよ）

《うん。楽しみに待ってるよ、ハニー♪》

嬉しさを隠そうともしないアルスだった。

本神殿へと歩きはじめて数時間、その行程は決して短いものではなかった。それは、朔が本神殿への道すがら、何か困っていそうな人々に声をかけて回っていたからである。

岩を椅子代わりにして座っている老女の場合――

「おばあちゃん大丈夫？」

朔が声をかけると、老女は彼らを見ながら、曲がった腰をとんとんと手で叩《たた》いた。

「少し腰が痛くてねえ」

「ちょっとごめんね。ヒール。じゃあ、無理しないようにね」

朔は老女の腰に手を当ててヒールを発動し、立ち去ろうとする。しかし、彼女は朔の手を優しく掴んで引き止めた。

「お兄ちゃん、ありがとねぇ。これみんなで食べな」

「おばあちゃん、ありがとね」

老女は持っていた布袋からみかんを四つ取り出して朔の手の上に置き、皆を見回してにっこりと微笑《ほほえ》んだ。

木陰に座り、膝をもんでいるおばちゃんの場合――

「大丈夫ですか？」

「ひっ!?　あっちいっとくれ！」

声に反応して朔たちの方を見た女性は、リトが目に入ると短い悲鳴を上げた。

「びっくりさせて申し訳ありません。痛そうな膝にヒールだけしときますね。ヒール」

「か、金なんて払わないよ！」

「お気になさらなくて大丈夫ですよ。おばちゃん、お大事にね」

恐怖で少し震えている女性は、精一杯強がる。それに対して朔は笑顔で声をかけ、その場を離れた。

あっけに取られた彼女は、目をぱちぱちとしながら膝をもむ。つらくて仕方なかった痛みが、随分と和《やわ》らいでいた。


右足をひょこひょこさせながら、山を降りてきている犬人族の青年の場合——

「お兄さん、どうかしました？」

「足を挫《くじ》いてしまってさ。遠いところからせっかく来たし、参拝したいんだけど、今回は難しいと思って下山しているんだよ」

「ちょっとその岩に座ってください」

青年は朔に言われるがままに近くの岩に腰かける。

朔は青年に問診をしながら患部を観察していった。

病態を把握《はあく》した朔は、治癒のイメージをはっきりと持って、魔力を込めていく。

「捻挫《ねんざ》ですね。ミドルヒール」

「わふ？　痛みがひいた？　兄ちゃん助かったよ！」

青年は鼻の穴を大きくして驚きを顕《あらわ》にし、朔の手を掴んでぶんぶんと上下に振る。

「無事に治ってよかったですね」

「お礼をしたいんだけど、路銀《ろぎん》が心もとないんだ。僕はコルトって言うんだけど、タナトスのポルカって街に来ることがあったら、漁業ギルドに来てよ。美味《おい》しい魚を用意するからさ。しかし、従魔もお祈りをするのかい？」

コルトと名乗った青年は、後ろで待っているリトを見て尋《たず》ねる。朔は立ち上がりながら青年に答えた。

「私はサクと言います。お代は気にされなくて大丈夫ですよ。でも機会があれば寄らせていただきますね。それと、祈るかどうかは本人次第ですかね」

「わふふ、変わりもんだな、兄ちゃんは。ちょっと休憩《きゅうけい》したら、また登るよ。ありがとう」

登山道の途中で、輪になってたむろするおじいさんたちの場合――

「おじいさんたち、大丈夫ですか？」

「ああ？　なんだその魔物は!?　坊主、その魔物に言って、儂らを上まで運ばせろ」

「お断りします」

朔がにべもなく断ると、彼らはぎゃーぎゃーと喚《わめ》いていた。だが、リトに不思議そうに見られると、睨《にら》まれたように感じたのか、途端に静かになった。


お腹を押さえて下山している太った男性の場合――

「おじさん、大丈夫？」

「た、た、た、食べ物を落としたら、が、が、崖《がけ》に転がっていってしまったんだな」

朔に話しかけられた男性は、少しつっかえつつ答えた。朔は、収納袋から取り出すふりをしながら、アイテムボックスから食料と水筒を取り出して彼に手渡す。

「それはいけませんね。おにぎりとお茶をどうぞ。麓《ふもと》までこれで足りますか？」

「あ、あ、あ、ありがとうなんだな。お、お返しに、こ、こ、これをあげるんだな」

「わあ、綺麗《きれい》な絵ですね。ありがとうございます。飾らせていただきますね」


このように、朔は道すがら困っていそうな人たちに声をかけ、ヒールで治療をしたりしていた。

朔は、ナタリアたちのもとへ戻ると、嬉しそうに先程男性からもらった絵を広げ、皆に見せる。

「見て見て、綺麗《きれい》な絵をもらったんだ。本神殿からの眺めみたいだね。馬車のどこに飾ろうかな」

「お人好し」

「ふふふ、サクさんらしいではないですか」

「クックー♪」（パパは優しいのー♪）

「フゴゴッ♪」（父上は優しいです♪）


朔はその後も人助けをしつつ山を登り、本神殿の入り口に辿《たど》り着いたのは夕方だった。

本神殿は多数の石柱が並ぶ、パルテノン神殿の規模を大きくしたような外観であり、中に続く道には人の列ができている。

また、宿泊施設のような建物も併設されており、参拝が終わった者の多くはそちらへと向かっていた。

朔たちも列に並び、少しずつ前に進んで中へと入る。

神殿の中央には、カルドスの屋敷にあった神と同じ姿の大きな像が立っていた。

彼らも像の前で跪《ひざまず》き、祈りを捧げた瞬間、朔は浮遊感を覚えて思わず目を閉じる。

朔が目を開けると、そこは白い部屋であり、部屋の中央にある椅子には見覚えのある少年――アルスが座っていた。なお、二柱の神が彼らのことを見ているのだが、彼らはそのことに気づかないまま話しはじめる。

『やあ、ハニー。いらっしゃい』

「アルス……久しぶりだな」

『せっかく来たんだし、座りなよ。時間はあの通り、気にしなくて大丈夫だからさ』

アルスに促され、朔は椅子に座る。アルスが指差した方に視線を向けると、テレビのようなものがあり、そこには、全く動きのない本神殿の中の画像が映っていた。

『お茶でも飲む？　はい、どうぞ』

アルスは、アイテムボックスのような黒い渦《うず》からティーセットを取り出すと、カップにお茶を注いで朔の前に差し出す。

「ありがと……ってこれ、俺がアイテムボックスに入れたやつじゃねえか！」

『あはは、何から話そっか？』

「あー、本題に入る前に、アルス、ありがとう」

朔は、笑っているアルスに深々と頭を下げた。頭を下げられたアルスは、優しく人懐《ひとなつ》っこそうな笑みを浮かべる。

『どういたしましてだよ。ちなみに、何のお礼なのかな？』

「この世界に連れてきてくれたこと、それからずっと手助けしてくれたこと、それと……シンを俺につけてくれたことだな」

朔の最後の言葉にアルスは驚きを隠せず、少しだけ目を見開いた。

『よく気づいたね？』

「よくよく考えたら、シンは仲魔になる前に看破の魔眼を使っても俺に敵意を向けなかったし、シンがいないところでアルスが出てきたこともなかったからな。アルスはシンを通して俺を見守っていてくれたんじゃないか？」

朔の予想は当たっており、シンはアルスが朔を見守るために遣わした使い魔であった。アルスは、表情をにこやかな笑顔に戻し、指で丸を作って正解を導き出した朔の方に向ける。

『パンパカパーン、大正解！　できないことはないんだけど、使い魔が近くにいた方が見やすいしね』

「見張り役としてだけか？」

『ハニーにつけた一番の理由は、癒《い》やしとしてだよ。ハニーがいつまでもキャラメイクを終わらせなかったせいで、一人になっちゃったからね』

「……そっか。言われてみれば確かにシンがいてくれたおかげで、精神的に落ち着けたな」

『でしょ？　そろそろ本題に入ろっか。ハニーはボクに何が聞きたいのかな？』

アルスは朔が落ち着いてきたのを見計らい、質問を促した。朔はゆっくりと深呼吸をしてから、真剣な表情でアルスに尋《たず》ねる。

「アルス、お前は俺の何だ？」

『えらく漠然とした質問だね』

「アルスが、百年以上前にパストゥール王国を救ったシミズ・ジンさんなのは、ほぼ確信してる。でもな、俺の記憶にシミズ・ジンさんなんて人はいないんだよ」

真剣な表情で話す朔とは対照的に、アルスはにこにこしており、朔の質問には答えないまま逆に質問する。

『なるほどね。じゃあクイズだよ。ボクの名前は何で、ボクはいったい何者でしょうか？』

「……それを聞きたいんだが」

『色々と約束があってね。ボク自身のことを話すためには、名前とキーワードをハニーが言ってくれることが必要なんだよ』

アルスは別の神との契約で、あることを頼む代わりに、朔に自分自身のことを打ち明けることを禁止されており、それを解禁するためには条件がつけられていた。アルスから質問を返された朔は、アルスの言葉の意味を考えはじめる。

（約束？　誰と？　しかし、名前はともかく、ノーヒントでキーワードは厳しくないか？）

「アルスの本当の名はシミズ・ジン、キーワードは転生者とかか？」

『おしい！　名前は漢字で答えてね。それと、別に回数は約束で取り決めてないし、思いつく言葉を列挙してみたら？』

アルスは、早く当ててほしいという思いから、朔にヒントを出した。しかし、先程の名前とキーワードが必要であることを教えたことや、この行為は、解禁にあたっての条件として黒寄りのグレーであった。二人のやり取りを見ている二柱のうちの一柱は、ピクピクとこめかみを動かしている。

アルスの助言に従い、朔は思いつく漢字とキーワードを並べていく。

「ったく。適当すぎるだろ。名は清水……陣、仁、刃、迅。キーワードは……転移者、使徒、勇者、日本、日本人、元日本人」

『正解♪』

「どれがだよ！」

『まあ、どれかだね。よっと』

アルスが光を放ちそれが収まると、そこには少年の姿だったアルスがそのまま大人になったような、中性的な顔立ちの青年がいた。

『ハニーの言う通り、ボクはシミズ・ジンだよ』

「顔を見ても思い出さないな」

朔は青年の姿になったアルスをしげしげと見るが、全く記憶になかった。しかし、アルスが意味深な発言をする。

『それはそうだろうね。まあ、ボクのことを覚えていないのは嬉しくもあるんだけどね』

「嬉しい？　どういうことだ？」

『日本からこっちに来るときにさ。ミコト様にお願いしたんだよ。ボクとの関係が深ければ深い人ほど、ボクのことを記憶から消してほしいってね。ミコト様は表層意識や深層意識がどうのとか言ってたけど、ボクにはよくわからなかったよ』

アルスは朔と話しているうちに調子に乗ってしまっており、この内容はグレーではなく黒であった。そんなことを知る由《よし》もない朔は、新たに出た情報を含めて深く考える。

（ミコト様？　約束した神様の名前か？　尊や命って尊名であって名前じゃないような……いや、そんなことはどうでもいい。アルスは本当にジンさんって人なのか？　……違うよな？　俺の記憶から消されたのは女性のはず。じゃないと辻褄《つじつま》が合わない。しかも、さっきアルスが言った『それはそうだろうね』という言葉は、この姿は知らなくて当然って意味じゃないか？）

朔は、途中でアルスにカマをかけることにした。

「アルスはこれでいいのか？」

『どういう意味かな？』

「俺の記憶から消されたのは、多分俺の恋人であり、女性だ。ジンさんという男性じゃない」

『ふふふ、ボクが親友とかじゃなくて恋人だと思ってるんだね？　じゃあ、ハニー、名前とキーワードを言ってよ』

朔から恋人だと言われたアルスは、嬉しさを隠しきれていなかった。朔は、その姿を見て確信する。

（やっぱりそうだ。アルスが前世でもジンさんなら、こんなに嬉しそうな顔にならないだろ。考えろ。アルスの言葉からして、俺の記憶から失われたのはアルスのことで間違いない。アルスと話しているとき、違和感があったのは何だった？　それに深層意識に封じられたはずの記憶が漏れたのは？　直近だと、感情が高ぶったときに口から出て、リアから指摘された、大切な人という言葉。それで、失った記憶の人が女性だと気づけた。他には？）

「……わかった」

『うん。言って、ハニー』

朔は、今までの記憶を辿《たど》り、一つの答えを導き出した。アルスは涙が溢《あふ》れそうになるのを堪《こら》えながら、じっと朔の答えを待っている。

「お前の名は――」

朔は、一度言葉を呑《の》み込み、深く息を吸い込んでから告げる。

「——清水仁実《しみずひとみ》だよ、ハニー」

(実か美で迷ったけど、なんとなく優しく美しいよりも、優しさのかたまりの方がアルスらしい。キーワードは、これで間違ってたらくそ恥ずかしいけど、他に思い浮かばん！)

朔が内心焦《あせ》りながらアルスに告げると、アルスは涙をぽろぽろと流しつつ朔に尋《たず》ねる。

『なんで？　なんでそう思ったの？』

「なんでって言われてもな。前にここで会ったときから、親友みたいな気がしてたし、今は慣れたけど、ハニーって呼ばれる度に違和感があったしさ。一番は夢かな。顔がぼやけたヒトミって女の子が、俺を起こそうとする夢を見たんだよ」

『うん。ボクも朔がその夢を見てるのを見てたよ。他には？』

「あとは、ジンさんが名字を変えることになったときの話をクリフさんから聞いたんだ。しかも、王都の名前がフランス語で新月を意味するヌーヴェル・リュヌだろ？　俺の名前の朔も同じ意味だから、奇妙な偶然にしてはできすぎだって思ってた」

『それだけ？』

「あとは……俺がアルスのことを好きなんだよ。深層意識か何かはわからないけど、心の奥底では、アルスがヒトミだってことがわかってたんじゃないかな」

『朔っ』

朔の言葉を聞いたアルスはテーブルなどを消し、光を放ちながら朔に飛びつく。

「うわっ⁉」

朔は光で目が眩《くら》むが、なんとかアルスを抱き止めた。

「正解だったか？」

アルスの姿は、青年から少女に変わっていた。

『うん……ずっと、ずっと会いたかった』

「アル、いやヒトミ、ありがとう」

『ハニーの方こそ思い出してくれてありがとう』

感動の涙を流しながら朔の胸に顔を埋めるヒトミだが、朔は心の中でかなり慌《あわ》てていた。

（やばい。記憶が戻らん。条件ってこれじゃないのか⁉）

『……ハニー、もしかして記憶戻ってない？』

朔の焦《あせ》りに気づいたヒトミが不思議そうに尋《たず》ねる。

ショートカットの黒髪、黒い目、整っているが、どこか人懐《ひとなつ》っこそうな顔立ち。朔はまじまじとヒトミの顔を見るが、思い出せそうで思い出せないもやもやした感覚を抱いていた。

「うっ……すまん。まだみたいだ」

『……ねえ、キスしよっか？』

「へ？」

晴れない感覚に苛《さいな》まれている朔に、ヒトミは提案する。ヒトミはかかとを上げ、朔の返事を聞くよりも先に、朔の唇に自身の唇を重ねた。

その瞬間、朔の頭の中で、絡まっていた鎖がほどけたかのように、ヒトミとの思い出が溢《あふ》れる。

――幼馴染《おさななじみ》だったこと。

――一緒に通った道場での稽古《けいこ》。

――手を繋いでデートした夏祭り。

――自転車で二人乗りした通学路。

――滅茶苦茶《めちゃくちゃ》緊張した告白。

――二人とも唇を切った初めてのキス。

――喧嘩《けんか》した翌朝の仲直り。

そして――

――記憶がなくなる前日の初めて身体を重ねた夜。

一緒に過ごした日々の記憶が、朔の中で色鮮やかに蘇《よみがえ》った。

朔は唇を離し、ヒトミを強く抱きしめる。

「……ヒトミ、思い出した。全部思い出したよ」

『やっぱり、駄女神の呪いを解くのは、王子様のちゅーだね』

ヒトミは体を反らして顔を離すと、イタズラが成功したような顔でにっと笑い、朔にも笑みが溢《あふ》れる。

「ははっ、お前が王子様かよ」

『ふふっ、剣道でハニーに負けたことないしね』

「ったく、相変わらずだな」

『ハニー、今幸せ？』

「ああ、幸せだよ。ヒトミとナタリア、ミラ、シン、リト、皆のおかげだね」

ヒトミは、再び朔の胸に顔を押しつける。

『ハニーは気が多いね。婚約中に神様に告白してちゅーするなんて、前代未聞だよ？』

「リアとミラには正直に全部話すよ。皆にヒトミを紹介したいしね」

『それなら大丈夫だよ』

「え？」

朔が苦笑している中、ヒトミがぽんぽんと朔の背中を叩《たた》きながら言った。その言葉に、朔は呆《ほう》けた声を出した。

『後ろ見てみ』

朔が振り返ると、そこにはナタリア、ミラ、シン、リトが勢揃いしていた。朔は、ナタリアたちを見つめたまま呟《つぶや》く。

「……なんで？」

『ナタリーとミラちゃんは婚約指輪に仕込んでた。シンとリトはハニーとの繋がりが強いからね』

ヒトミの言葉を聞きつつも、浮気現場を見られた朔は言葉に詰まってしまう。

「えっと、リア、ミラ、これは……」

ナタリアはやれやれといった表情で口を開き、ミラは無表情に言い放つ。

「サクさん、今の話を聞いて怒れるほど、私の心は狭くありませんよ」

「ヒトミ様なら許す。ブリジットはダメ」

ナタリアとミラから許された朔は、ほっと息をついた。

「リア、ありがとう。ミラ、なんでそこでブリジットさんが出てくるんだ？」

「美人って言った」

ミラは表情を変えることなく答えた。すぐには意味を理解できない朔だったが、考えていくうちに昼食会のことを思い出す。

「……ヤキモチ？」

「そう」

「お世辞《せじ》だから」

『あはっ、ハニーは愛されてるね～』

ヒトミが思わず笑い声を上げると、皆も釣られて笑顔になる。ひとしきり笑った後、ヒトミはテーブルや椅子を出してリトも含めて四人を座らせ、朔はお茶を出した。なお、シンはヒトミの肩に留まって、頬《ほお》をこすりつけている。

皆に詳しい話を聞かせた後、朔はヒトミに話を切り出す。

「ヒトミは今どういう状況なんだ？　何か俺にできることはないか？」

朔の質問に、ヒトミは腕を組んで頭を傾げ、しばらく考え込んだ。彼女は迷った末に、朔に真剣な表情で告げる。

『六大ダンジョンの攻略を進めてほしいかな。今の実力じゃ無理だけど、もし攻略できたとしてもダンジョンコアには触らないでね』

いつもと違うヒトミの真剣な口調に、朔は気持ちを切り替えてから理由を尋《たず》ねる。

「またいきなりだな。なぜかは聞いていいのか？」

『……禁則事項に触れるから言えない。一つだけ言えるのは、この世界に存在する大きなダンジョンのことを呼称するなら七大迷宮、もしくは極大迷宮と六大迷宮ってとこかな』

ヒトミの言葉で、朔たちに緊張が走る。朔は眉間《みけん》にシワを寄せ、ナタリアは耳をピンと立て、ミラは無表情ながら目に力が入っていた。

（人類が気づいてない古くからあるダンジョンが存在するってことか？　氾濫《はんらん》したらどうするんだ？　……いや待て、度々起こっている魔の森の大氾濫《だいはんらん》ってのはもしかして）

『さすが、ハニーは賢いね。でも極大迷宮の攻略は無理だよ。あそこはそもそも人の身では入り口にさえ辿《たど》り着けない。何回も何回も繰り返された大氾濫《だいはんらん》でテリトリーを争い合い、生き残った化物が蔓延《はびこ》る世界だからね。あいつらは、魔素の濃い魔の森の深部からは出てこないから気にしなくていい。それよりも、なぜかは言えないけど、六大迷宮の攻略を進めてほしい。というか、六大迷宮から魔石を一つでも多く外に出してくれると助かる』

ヒトミが朔の心を読んで忠告し、お願いをした瞬間——彼女の真後ろに雷が落ちた。突然の出来事に朔たちが固まっている中、大神殿にあった像と同じ姿をした老人が、ヒトミに拳を振り下ろす。

『この馬鹿娘が！』

『痛っ⁉　げっ、アルスじいちゃん！　もう終わったの⁉』

（アルスじいちゃん？　こっちが本物のアルス様か。いったい何が起きているんだ？）

朔が無言で考えを巡らしつつ様子を見ていると、本物のアルスが彼の方に身体を向ける。

『その通りだ。サク・アサクラ、今の話は忘れろ』

威厳のあるアルスの声に怯《ひる》むことなく、朔は立ち上がってから頭を下げる。

「アルス様、失礼を承知で申し上げます。私はヒトミの助けになりたい」

『使徒になるということか？　英雄や勇者になると？』

「はい。英雄や勇者になりたいわけではありませんが、私にできることがあるのであれば喜んで」

『ふむ』

アルスが右手で長い髭《ひげ》を触って少考し、左手に持っている杖の下でこつんと地面を叩《たた》いた。朔はあたりをきょろきょろと見渡すと、朔とアルスを除く皆の動きが止まっていた。

「アルス様、なにを？」

『サク・アサクラ、お前に一つ問う。お前に、ヒトミが救えるか？』

アルスは、本人にとってはほんの少しの、しかし尋常《じんじょう》ならざるほどの威圧を込めて朔に問いただした。

「ぐっ……どういう意味でしょうか？」

逃げ出したいほどの恐怖に耐え、朔はアルスに尋《たず》ね返した。アルスは、威圧を込めたまま語りはじめる。

『ヒトミは優しい、お前に話しはしないだろう。だから、我が告げる。ヒトミは、絶望の中でこの世界へと来たお前たちとは真逆だ。ヒトミは、お前と結ばれた幸福の中、事故によって死に、この世界へと来た。しかも、お前に操《みさお》を立てるという理由で男となることを選んだ。そして、医者であったお前とは違い、【死】というものになんら耐性がない状態で英雄として戦った。何千何万もの魔物の命を奪い、数は少ないが盗賊などの人類も殺《あや》めた。さらに、救国王などと祭り上げられ、王女と婚姻《こんいん》し、子を成し、人々のために尽くした。最後に、わかっているだろうが、この世界とあちらの世界では時間の流れが異なる。だから、お前を見守りたい一心で、ヒトミは下級神となり、神として様々なことを見てきた。わかるか？　その苦しみが、悲しみが、痛みが、葛藤《かっとう》が、絶望が。わかるか？　ヒトミがどのような感情でお前に語りかけてきたか、どのような表情でお前からもらった指輪を眺めていたか、画面に映るお前との食事はどのような味がしたか。サク・アサクラにもう一度問う。お前にヒトミが救えるか？』

「……救えるかどうかはわかりません。ですが、今度は絶対に幸せにしてみせます。たとえ、人と神であっても、私なりの方法で、必ず！」

朔は気を失いそうになるのを奥歯を強く噛《か》み締《し》めて耐え抜き、アルスに力強く答えた。朔の返答を聞いたアルスは、威圧をさらに込めて語気を強める。

『そうか。サク・アサクラ、その言葉違えるなよ。お前の力はお前のものではない。もし、その力に増長し、ヒトミを不幸にでもしてみろ。今の意識を保ったまま、百万回ゴブリンとして生まれ変わらせてやるからな』

（……まじで嫌だ）

意識が飛びかけ、朔がふらふらとしている中、アルスが再度杖をこつんと鳴らすと、皆が動きはじめる。

アルスはヒトミの方に身体を向け、朔に放ったよりもさらに強い威圧を込めてはっきりと告げる。

『ヒトミよ。神との約束を破ったお前に罰を与える』

『こ、こ、こ、答えは教えてないし、グレーじゃないかな？』

神としての格が違うヒトミには耐えきれないほどのプレッシャーが襲い、彼女はどうにか誤魔化《ごまか》そうと試みた。

『……ヒトミよ、グレーどころか真っ黒じゃ。あんなもんは、誘導尋問じゃろうが』

威厳を見せていたアルスであるが、ヒトミの怖がっている姿を見ると、威圧を消し去り、つい普段の口調に戻ってしまった。

ヒトミはこれ幸いとアルスに擦《す》り寄り、上目遣いでお願いする。

『そこをなんとか、アルスじいちゃん』

『ダメじゃ。お主に与える罰として――――お前の神格を没収し、この世界で再び人として善行を積むことを命じる』

『それって……アルスじいちゃん！』

アルスは胸に飛びつくヒトミを抱きしめ、ヒトミの頭を撫《な》でながら優しく語りかける。

『よいよい。ヒトミよ。今度の人生は、幸せになりなさい。しかし、勇者としての力はやらぬ』

『それじゃあ、ハニーの力になれないじゃん！』

アルスは、文句を言うヒトミに少しだけ突き放すような口調で提案する。

『サク・アサクラの力になりたいのであれば、お主が異世界人にさせたように、きゃらくたーめいきんぐとやらでなんとかせい』

アルスはそう言って杖を掲《かか》げる。朔がこの世界に来たときに、白い教室でいじっていたものと同じものが空中に現れた。

NAME：ヒトミ
AGE：15
SPECIES：人族
LV：1
JOB：
ステータス
HP：98＋－（32）
MP：57＋－（8）

STR：40＋−（5）
VIT：35＋−（4）
AGL：86＋−（5）
DEX：35＋−（3）
INT：58＋−（5）
MAT：50＋−（4）
MDF：65＋−（5）
TALENT：剣術の才能
SKILL：剣術Ⅳ、体捌《たいさば》きⅢ、身体操作Ⅰ、目利き（植物）Ⅱ、交渉術Ⅱ、大陸共通語Ⅲ
GIFT：アイテムボックスⅠ
残りポイント200

『シミズの姓は、バレると面倒なことになりかねないため消しておいたぞ。加えて、全てのステータスの才能値を一段階上げたからの。これでどうにかせい』

（贔屓《ひいき》がひどい！）

アルスの説明に、朔が心の中でつっこんでいると、ヒトミはじーっとスクリーンを見つめてから、探るように才能値の右側を何度もタップする。

『じいちゃん、ステータスの才能値が上げられないよ？』

『当たり前じゃ。そんな裏技は存在してはならん』

『こんなんじゃ器用貧乏にしかなれないよ！　ボク、五十年以上じいちゃんのお手伝いを頑張《がんば》ったんだよ？　せめて、ポイントだけでももうちょっとだけ……ね？』

ヒトミはアルスに近づき、上目遣いで強請《ねだ》る。アルスは言葉に詰まり、ため息をついてからヒトミに問う。

『ぐっ……はあ、何ポイント欲しいんじゃ？』

『二億♪』

『色々な意味でダメじゃ』

『えー、じゃあ二万、いや二千！　これならスキルレベルもXにできないし、いいでしょ？』

ヒトミは、上目遣いのまま（瞬《まばた》きを我慢して）瞳をうるうると潤《うる》ませる。

『そんな詐欺師《さぎし》の常套手段《じょうとうしゅだん》に乗せられるとでも思っておるのか？』

『えー』

『駄々《だだ》をこねてもダメなもんはダメじゃ。百ポイントの追加で我慢せい。というか、それより上は無理じゃ。肉体が変化に耐えられぬ』

『わーい♪　じいちゃん、ありがとっ♪』

ヒトミは、嬉しそうにアルスに抱きつく。しかし、朔からはヒトミの口がにやりと笑っているのが見えていた。当然、アルスも気づいてはいるのだが、それでも強く出られなかった。

『ナタリー、このパーティに足りていないのは前衛のアタッカーだよね？』

「えっ？　はい。その通りです」

『ハニーならどうする？』

「そうだな。職業を増やせるだけ増やして、後は必要な才能、習得が難しい魔法やスキルを取るかな」

『正解♪　人類の才能値を上げる基本的な方法はＪＯＢでの加算だからね♪　だから……』

ヒトミはスクリーンをタップしていく。ヒトミは、第二職業で10、第三職業で20、第四職業で40とポイントを使い、第五職業まで取り、計１５０ポイントを消費した。

『ハニーは気づいてなかったけど、職業を選択した後なら、初期職業のレベルも最大10まで上げられるんだよね。効率を考えると、レベルを上げる前に修業して職業レベルを上げた方がいいんだけど、そんな時間もないしね』

ヒトミが説明しながら、第一職業を戦士見習いとし、レベルをタップすると＋－が現れた。ヒトミは＋を押し、９ポイントを消費して戦士見習いのレベルを10まで上げる。

（くっ！　半日悩んでたのに気づかなかった！　ってか、作ったやつがキャラメイクするのってずるいだろ！）

『これで戦士見習いの一段階上の職業が設定できるようになったから、残りの１４１ポイントは何にしようかなー♪　才能に、身体強化と、見切りに、瞬歩……』

ヒトミがほとんど悩むことなく才能やスキルを選んだ結果、ヒトミのキャラメイク後は、次のように決まった。

NAME：ヒトミ
AGE：15
SPECIES：人族
LV：1
JOB：初級剣士Lv1、初級大剣士Lv1、初級細剣士Lv1、初級軽戦士Lv1、初級戦士Lv1
ステータス
HP：98＋－（32）
MP：57＋－（8）
STR：40＋－（5＋5）

VIT：35＋－（4＋1）
AGL：86＋－（5＋3）
DEX：35＋－（3＋1）
INT：58＋－（5）
MAT：50＋－（4）
MDF：65＋－（5）
TALENT：剣術の才能、武術の才能
SKILL：剣術Ⅳ、体捌《たいさば》きⅢ、身体操作Ⅰ、目利き（植物）Ⅱ、交渉術Ⅱ、大陸共通語Ⅲ、鋭斬Ⅰ、剛断Ⅰ、返し突きⅠ、パリイⅠ、頑丈Ⅰ、限界突破Ⅰ、身体強化Ⅰ、見切りⅠ、瞬歩Ⅰ、空間把握Ⅰ、格闘術Ⅰ、威圧Ⅰ、裁縫Ⅰ、料理Ⅰ
GIFT：アイテムボックスⅠ
残りポイント6

なお、ポイント使用の内訳は、第五職業までで１５０、職業のレベルアップで9、武術の才能で50、限界突破が30、見切り、瞬歩、空間把握《はあく》が各10、残りのスキルが各5で計２９４。

ちなみに、鋭斬、剛断、返し突き、パリイ、頑丈は、それぞれ初級剣士、初級大剣士、初級細剣士、初級軽戦士、初級戦士の職業スキルである。

『こんなもんかなー♪』

「裁縫と料理？」

キャラメイクを完成させたヒトミが、満足そうな顔でスクリーンを眺めていると、朔が不思議そうに尋《たず》ね、ヒトミは朔の方を振り向いて笑顔で説明する。

『ハニーとの子供にさ、自分で編んだ手袋とか靴下とかを着てもらうのと、料理を作ってあげるのが夢だったんだよね』

「……ヒトミは不器用だったもんな」

『ひどす！　でもスキルを取って、ミラちゃんに教えてもらえば、ボクでもできるようになるかなーって思ってさ』

朔は、ヒトミのまっすぐな言葉と笑顔に照れてしまい、つい悪態をついた。しかし、ヒトミはあっけらかんとしており、ミラの方へと笑顔を向ける。

「ん。私も作る」

「私にも教えてください！」

「ん」

『皆で、子育てするのってきっと楽しいよ！』

ミラはヒトミの方を見て頷《うなず》き、ナタリアも参加を表明した。このままでは女子会が始まりそうになる中、アルスが口を挟む。

『ヒトミ、盛り上がっているところを悪いが、これで決定でいいのか？』

『うん♪』

『わかった。神殿でいきなりヒトミが現れては、大騒ぎになる。都合よく近くにダンジョンがあるから、そこにお主の身体を作り出すぞ。一階層最奥の小部屋には魔物も人もおらぬから、そこがいいじゃろう。ついでに、少しレベルを上げておけ。ダンジョンに入る手はずは我が整えておく』

（結局ダンジョンに潜るハメに……まあ、せめてヒトミのレベルを10くらいには上げておいた方がいいか）

朔が心の中で嘆息し、頭を切り替えていると、アルスが右手を上げ、六つの光る玉を作り出す。

『ヒトミ、サク、ナタリア、ミラ、シン、リトよ。これは餞別《せんべつ》だ』

アルスが腕をゆっくりと振り下ろすと、光る玉は、朔たちの胸の中へと吸い込まれていった。朔は何が起きたのかわからず驚きながらも、アルスに尋《たず》ねる。

「アルス様、いったい何を？」

『レベルアップの効率を高めるＧＩＦＴだ。お主たちは二倍、ヒトミに関しては、お主のレベルに追いつくまでは三倍になるようにしてある。それと、サク・アサクラよ』

「なんでしょうか」

『使徒となるお主には試練を与える』

『じいちゃん!?　もがっ』

ヒトミはアルスの方に振り向き、何やら言おうとしたものの、口を開きかけたところで朔の手に口を塞《ふさ》がれた。

「ヒトミ、いいんだ。アルス様、なんなりと」

『ヒトミが待つ部屋の前に、壁と柱で囲まれた広い闘技場のような場所がある。そこに、ある魔物を出現させる。それを打ち負かすことをお主への試練とする』

「承知しました」

(嫌な予感しかしないけど、必ずどうにかしてみせる)

告げられた試練の内容に朔が決意を新たにしていると、アルスが床を杖でこつんと叩《たた》いた。

『お主には期待している。では、さらばだ』

朔たちは浮遊感を覚え、意識が遠のいていった。彼らは、慌《あわ》ててそれぞれ感謝の言葉を口にする。

「ありがとうございます」

「アルス様、感謝いたします」

「ありがと。たまには祈る」

「クックー♪」（爺ちゃん、ありがとー♪）

「フゴゴッ♪」（ありがとうございますです♪）

『じいちゃん、行ってきます♪』

■

朔たちがいなくなった白い部屋の中で、アルスは一人佇《たたず》み、朔たちがいた場所を見つめていた。

すると、美しい顔をした等身大の日本人形のような女性が現れた。

『アルスはお優しいのう。説教に脅迫《きょうはく》にパワハラとは、婿殿《むこどの》に嫌われてしまったかもしれんぞ？』

『ミコト……それも仕方なかろう。我々の責任は大きい』

ミコトは、部屋に残っていた椅子に座り、八つあったカップのうちの一つに紅茶を注いだ。音を立てずに少量を口に含めば、口内に香りと味が広がり、彼女はそれをゆっくり楽しんでから飲み込む。

『そうか？　我らが何もしなければ苦しむこともなかったかもしれぬが、ヒトミは死に、こうして婿殿《むこどの》と再び相まみえることもなかった。過去に戻ったとしても、ヒトミは間違いなく同じ道を選ぶであろうよ』

『そうかもしれん。だが、結果がどうあれ、この世界の事情に巻き込んだのは事実だ。ミコト、お主は会わなくてよかったのか？』

『我は、まだ大事な役目があるのでな。会うのはそのときでよかろうよ』

『ふん』

『妬《ねた》むな妬《ねた》むな。そのとき、ここに連れてくる程度の情は持っているであろうよ』

『どちらにせよ、もはや我にできるのは見守ることのみじゃ』

『素直でないのう。まあ、それが本来の姿ではあるのだがな。ほれ、せっかく婿殿《むこどの》が用意してくれたお茶じゃ。お主も座って飲むがよい』

ミコトは、別のカップにお茶を注ぎ、アルスに座るよう促した。アルスは、少しためらったが、椅子に腰を下ろしてお茶を飲む。

『どうじゃ？』

『美味《うま》いな』

白い部屋の中で二柱の神は語り合う。送り出した子らの幸せを願いながら。

■

一方、朔たちは、がやがやと参拝者たちの声が聞こえて目を開く。そこは、白い部屋に行く前と同じ本神殿の中、アルスの像の目の前だった。

「とりあえず外に出ようか」

朔の提案に、皆は頷《うなず》き外へと向かった。人が少ない広場の端へ行き、朔は絨毯《じゅうたん》を敷いて腰を下ろし、胡坐《あぐら》をかく。皆も思い思いの場所に座り、先程までのことを思い出しながら景色を眺める。眼下には、聖光教国を一望できる絶景が広がっていた。

朔がその光景を眺めていると、右肩と左足に何かが触れる感覚を覚えた。直接見なくとも、彼にはそれが誰のものなのか理解できていた。

「リア？　ミラ？」

「ちょっとだけですから」

「私も」

「クックク−♪」（じゃあ、ボクもー♪）

「フゴゴッ♪」（僕もです！）

ナタリアは朔の右側に座って彼の右肩に頭を載せ、ミラは朔の左足を枕にして寝そべっていた。

シンは朔の頭の上でうとうとしはじめ、リトは朔とナタリアの二人に触れるような位置で丸くなる。

「今からどうしようか？　景色はすごくいいけど、風が強いからちょっと肌寒いね」

朔は皆に話しかけながら大きな毛布をアイテムボックスから取り出し、皆を後ろから包む。

「こうすると温かいですね。アルス様が手はずを整えるとおっしゃっていましたので、お待ちするのがいいのではないのでしょうか？」

「ん。待つしかない」

「それもそうか。絶景だし、露天風呂を作りたいけどダメだよね？」

「ダメです。こうして寄り添って、景色をただ眺めるのも贅沢《ぜいたく》な時間だと思いますよ」

「ん。温泉だと私はくっつけない」

「それもそうだね」

朔たちが、のんびりと景色を眺めていると夕日が落ちる。ふと空を見上げると、三つの月が輝いていた。

日が完全に落ちても周囲の様子が視認できる程度には明るい中、朔が広場の方へと視線を向ければ、参拝者たちが火を起こして暖を取っている姿が見えた。また、宿屋の前では炊《た》き出しが始まり、神職者たちが皆の持つ器に何かを入れていた。

「俺たちも何か食べようか。何がいい？」

「温かいものがいいですね」

「カレー」

「ミラ、カレーは匂《にお》いが強いからここではやめておこうね。温まるもので……豚汁はどうかな？」

「初めて聞く食べものですが、問題ありません」

「ん。カレーは明日？」

「うーん。状況次第だけど、明日か明後日に作るよ」

朔は石を組み合わせて簡単なかまどを作った。大きめの寸胴鍋《ずんどうなべ》に王都の市場で仕入れたごま油を少量入れて、コンロの中火程度の火を作り出して加熱し、豚（のような魔物）バラを焼き色がつくまで炒《いた》める。

（この焼き色が香ばしくするコツだよね。こんにゃくと豆腐、油揚げがないのは残念だけど仕方ないか）

いちょう切りにした大根とにんじん、ささがきしたごぼう、ネギ、椎茸《しいたけ》の代わりに王都のダンジョン近くの森で回収したきのこを入れてさらに炒《いた》め、全体に油が回ったら、水を入れて煮込《にこ》む。

（アクは、ブイヨンほどしっかり取らなくていいから楽ちん♪）

朔は一旦火を止め、分量の半分の味噌《みそ》を溶かしてから加熱を再開する。

（煮込《にこ》むと味噌《みそ》の香りが飛んじゃうし、煮詰めすぎて味が濃くなりすぎるのも防げるんだよね。この方法は、母さんから教えてもらったんだっけ。父さんの料理も美味《おい》しかったけど、母さんの料理はどこかほっとする味だったな）

朔は、少ししんみりとした気持ちになりながら、ことことと煮込《にこ》まれている豚汁を見つめていた。

野菜が柔《やわ》らかくなったら、皮を剥《む》いて一口大に切った里芋を加えてさらに煮込《にこ》む。

（里芋に火が通ったら、味を見つつ醤油《しょうゆ》と残りの味噌《みそ》を加えて、沸騰《ふっとう》する前に火を止めれば完成♪）

朔は器に豚汁を入れ、朔とナタリアには普通、ミラには多め、リトとシンの分には少なめの粉唐《とう》辛子《がらし》を加えてからおにぎりとともに配り、三人前をアイテムボックスに入れてから食べはじめる。

「豚の脂《あぶら》の甘みが出ていて美味《おい》しいね」

「はい。野菜も美味《おい》しいです。どこか安心する味ですね」

「ん。唐辛子《とうがらし》とも合う」

「クックー♪」（お肉が美味《おい》しい♪）

「フゴゴッ♪」（おにぎりとも合います♪）

朔は、ナタリアの何気《なにげ》ない言葉が嬉しくて少し泣きそうになってしまう。

「サクさん、どうかされましたか？」

「大丈夫だよ。リア、ありがとね」

食事を食べ終わり、神殿の方を眺めていると、朔はあることに気づく。

「……？　なんで、炊《た》き出しを受け取りに行く人と行かない人がいるの？」

「獣人族やエルフら、人族以外の者たちですね。神官たちは分け隔てすることはないでしょうが、トラブルになることを避けているのだと思われます」

何族かはわからなかったが、炊《た》き出しの様子を羨《うらや》ましそうに遠くから見つめている子供が見えた朔は、腰を上げて皆に声をかける。

「そっか。ちょっと行ってくるね」

「ふふふ、私も行きましょう。人族の朔さんだけよりも、印象がよくなると思います」

「ん。私も行く」

「フゴゴッ♪」（僕も行きます♪）

朔は、再び寝ているシンを外套《がいとう》のフードの中に入れ、大きな寸胴鍋《ずんどうなべ》を持って歩きはじめるのであった——

次の日の朝、朔たちのテントの入り口付近には、果物や干し肉などが積まれていた。朔が豚汁とおにぎりを次々に配って回っていたせいで、お礼を渡せなかった者たちが置いていったものである。

朔たちが朝食にもらった果物などを食べているとき、登山道を走って登っている二人の男の姿があった。

「……あれは、カルドス枢機卿とハンスさん？」

(嫌な予感しかしないんだけど……アルス様、大丈夫ですよね？)

カルドスは広場の端から彼らの方を見ている朔たちに気がつき、なだらかな登山道から外れ、老人とは思えない脚力でやや急勾配《きゅうこうばい》な斜面を駆けあがってくる。

「サクどのおおおおおおおお！！！」

(おいおい。この爺さん、元気すぎるだろ)

「カルドス枢機卿、いったいどうなされたのですか？」

朔は、目の前にまで辿《たど》り着いたカルドスに会釈《えしゃく》してから尋《たず》ねた。カルドスは、息を整えてから朔に耳打ちする。

「神託が降りたのです！　アルス様より、サク男爵をダンジョンの奥へと案内し、試練を見守り、その奥にいる娘をサク男爵に預けよと！　また、このことは他の誰にも言うなと！」

(……大丈夫かこれ？　勇者や聖女扱いは勘弁《かんべん》してほしいんだが)

「あの、私は……」

不安になった朔は慌《あわ》てて否定しようとするが、カルドスは言葉を遮《さえぎ》ると、彼の手を取って力強く握手し、腕をぶんぶんと上下に振る。

「わかっています！　何も言わずに、このカルドスにお任せください！」

(ああ……この人の言うことを聞かない感じ、ブリジットさんは確かにこの人の血筋だな。もうい

いや、どうにかなるだろ）
「では、参りましょう！」
朔はカルドスの説得を早々に諦《あきら》め、案内されるがままに、本神殿の奥へと向かった。
なお、カルドスを追いかけてきたハンスは、カルドスから数日後に朔たちとともに戻るため、アルたちの世話をしておくようにと申しつけられ、一人で下山することとなった。

ダンジョンの周囲には警備のための神殿騎士が詰めていたが、枢機卿であるカルドスのおかげですんなりと中に入る許可が下りた。

朔たちはカルドスを先頭にダンジョンへと向かう。

以前攻略したダンジョンよりも大きな入り口から中に入ると、朔たちは明らかに空気が変わったのを感じた。

トンネルの中は暗く、しーんとしており、朔たちのブーツの音だけが反響している。また、湿気を帯びたひんやりとした空気が、肌にまとわりつく。

「嫌な雰囲気《ふんいき》ですね」

朔は横に並ぶカルドスにそう告げた。歩みを止めることも視線を向けることもなく、カルドスは先程とはまるで異なる真剣な口調で答える。

「この山には命を落とした全ての魂が集まっております。そしてその中でも浄化や除霊を必要とする穢《けが》れてしまったものが、このダンジョンに取り込まれていると言われているのです」

「なるほど。だからこそ、ここに総本山があるのですね」

「その通りです。全ての魂を浄化し、本来あるべき輪廻《りんね》の輪に戻すことが、聖光教の大きな目標の一つなのです――来ましたね」

カルドスの視線の先には、淡い黒紫色に光るガスの塊のようなものが浮かんでいた。カルドスは、そのゴーストと呼ばれる魂が魔物化したものに手のひらを向け、魔力を練り――

――走り出した。

(猊下《げいか》!?)

「穢《けが》された魂よ、神みもとへと還《かえ》りたまえ。除霊!」

「イヤアアアアァァァ……」

除霊の青白い光を纏《まと》ったカルドスの掌底《しょうてい》によって、ゴーストは金切り声のような悲鳴を上げて身体が薄れていき、やがて完全に消えてしまった。

こつんと硬い何かが床に落ちる音がし、カルドスはそれを拾い上げて先へと進んでいく。

(えええ……除霊された魔物の声が酷すぎて、いいことをしてるはずなのに、なんか可哀想になるんだけど!? それに、除霊ってまさか詠唱がいるのか!? しかもなんで殴《なぐ》るの!? 突っ込みが追い

つかないよ⁉)

目の前で起きた様々なことに衝撃を受ける朔。そんな彼の右腕に、誰かがしがみついてきた。

「……リア？」

朔が右を向くと、そこには青白い顔をして震えているナタリアがいる。

「すすす、すみません。すぐ、離れますから」

「澄み渡る青き光よ、邪《よこしま》なる魂に救済を。除霊！」

(さっきと詠唱が違う⁉)

「ヒイイイィィイ……」

「――っ！」

ナタリアが離れようとすると、カルドスは先ほどとは異なる詠唱で、新たに現れたゴーストに拳を振りぬいた。ゴーストの断末魔の声を聞いたナタリアは、声にならない悲鳴を上げて、再度朔にしがみつく。

「リア？　大丈夫？」

「す、す、すみません！　ど、どうしても、あのゴーストの声が苦手……」

「偉大なる父よ、哀れな魂よ、慈愛《じあい》の光よ。除霊！」

(また⁉)

「キエテシマウウウウゥゥウゥウ……」

「……!!」

(リア、力強い！　腕が少し痛い！　けど、その分幸せな感触も！)

朔がほんの少し鼻の下をのばしたその瞬間を見逃さず、いつの間にかナタリアを守るように彼女の右側に移動していたミラが、無表情に朔に告げる。

「スケベ」

「ち、違うし、不可抗力だし」

朔が慌《あわ》てて言い訳をしているうちに、再度カルドスが詠唱を唱えはじめる。

「開け、天界への門！　除霊！」

(段々適当になってないか!?)

「スケベエエエエェェェェ……」

(なんでだよ！)

「……っ！」

(今のは怖くないよね!?)

こんな調子で歩くこと数時間。朔たちは大きな扉の前に辿《たど》り着いた。

「サク殿、この奥が大部屋ですぞ！　おや、ナタリア殿はどこに？」

カルドスがやり切った男の満足そうな顔で朔たちの方を振り向く。

「カルドス枢機卿、リアはここにいるので大丈夫です。着いたよ、リア」

朔は気疲れで精神的に少し疲労していたが、カルドスの問いかけに答えてから、全力で気配遮断を発動しているナタリアに優しく声をかける。

しかし、朔に声をかけられたナタリアは、朔にくっついたまま無言で首を横に振るだけだった。

「大丈夫、大丈夫。試練を突破してヒトミと合流したら早く帰ろうね。じゃあ、扉を開くよ」

朔はナタリアにしがみつかれたまま、大部屋の扉に手を当てる。その瞬間、朔にビリッと電流が流れたような感覚が走った。

(この感覚は……直感が危険を教えてくれた?)

「やはり、ここが試練の場所のようです。皆、悪いけど少し待っていてくれる?」

朔は大部屋の扉から手を離し、皆の方を振り返ってそう言った。しかし、しがみついているナタリア、彼女の背中をさすっているミラの二人は首を横に振る。

「サクさん、私、も、ともに、参りま、す……」

「ん、私も。せめて見える場所にいる。待つのは子供ができてからで十分」

さらに、シンとリトもまた後に続いて声を上げる。

「クックク一ッ」(ボクも行くの一)

「フゴゴッ」(僕もですっ)

「皆、ありがとう。近くにいてくれるだけで心強いよ。でも手出しは無用だからね」

朔は笑顔で感謝を告げ、真剣な表情、強い意志を滲《にじ》ませた声色《こわいろ》ではっきりと告げた。

「……承知しました」

「ん。サクならできる」

「クッ!」(やっ!)

「フゴ!」(はいです!)

「サク殿、お任せあれ。近寄るゴーストがいれば、私が除霊してみせましょう」

(はあ……シンは言っても聞かないからなあ。まあ、ヒトミの使い魔でもあるシンなら、アルス様も文句は言わないだろ)

「カルドス枢機卿、皆をお願いします。では、開けますよ」

唯一自分の言葉を拒否したシンに心の中でため息をついたものの、朔は気を取り直して重い扉を押し開ける。壁に囲まれ、外側には円状に太い柱が並ぶ広い空間、その中央には禍々《まがまが》しい紫黒《しこく》の靄《もや》を纏《まと》った何かがいた。

「あれは……アンデッドドラゴン!? サク殿、しばしお待ちを! 騎士団の精鋭を呼んで参ります!」

「枢機卿、ありがとうございます。しかし、これは私への試練なんです」

驚愕《きょうがく》したカルドスが叫《さけ》び、駆け出そうとしたのを朔は引き留めた。しかし、カルドスはアンデッドドラゴンに再度視線を向け、再び朔を説得しようとする。

「ですが――」

「――私が敗れたときは、お願いします。今はどうか柱の陰に」

だが、相手が何であれ、朔の気持ちは一切揺れることはなかった。彼はアンデッドドラゴンの方に向き直り、ゆっくりと歩みを進める。ナタリア、ミラ、リトは扉の近くにある柱へと向かったが、カルドスは動くことができないでいた。

「Aランクの可能性もある化物に単身で挑むなど、死にに行くようなものです！　なぜ止めないのですか!?」

朔の説得は難しいと判断したカルドスは、ナタリアたちの方を振り向いて叫《さけ》んだ。

「サクさんがそう決めたことだからです」

「ん。雄《オス》が意地を通そうとしているときに、無粋《ぶすい》な真似《まね》はできない」

「……いったいこの試練に何の意味があると」

カルドスには、ヒトミや神との約束など知る由《よし》もなかった。朔はアンデッドドラゴンの正面に立ち、深く息を吸い込む。

（看破の魔眼!!）

SPECIES：アンデッドドラゴン
LV：30
RANK：A
ステータス
HP：39817／39817
MP：24613／24613
STR：1644（11）
VIT：1613（11）
AGL：1272（8）
DEX：887（6）
INT：924（9）
MAT：1357（9）
MDF：798（5）
SKILL：（鱗強化V）、ブレスVI、（飛翔魔法VI）、（光魔法V）、魔力操作IV、噛みつきV、咆

哮Ⅲ、尾撃Ⅳ、邪穢魔法Ⅲ、邪霊召喚Ⅲ、邪穢纏Ⅲ

称号：テイニールの守護者

（おいおい……Bランクとも戦ったことないのにAランクって。ステータスヤバすぎだし。アルス様、遠慮なさすぎだろ。というか、かっこがついたＳＫＩＬＬはなんだ？　文字がグレーアウトしてるってことは、アンデッドになったから使えなくなったとか？）

朔が高速思考で考察していたわずかな時間、その数秒間でアンデッドドラゴンは起き上がり、強い敵意を朔に向けていた。

「ＧＲＡＡＡＡＡＡＡＡＡ！！！」

「破っ！」

挨拶《あいさつ》代わりに咆哮《ほうこう》を上げるアンデッドドラゴン。

朔は気合を入れて恐慌状態になるのを防ぐ。

「全ステータス強化！　からの除霊！」

朔が自身とシンに全種類の付与魔法をかけてから、神聖魔法の除霊を六個生成した。青白く輝く除霊が、螺旋《らせん》を描きながらアンデッドドラゴンを襲う。

「ＧＲＹＹＹＹＹＹ‼」

（よし!!　除霊!!）

除霊が当たった部分の黒い靄《もや》が煙となって消え去り、アンデッドドラゴンは苦しんでいる様子で金切声を上げた。

アンデッドドラゴンのＭＤＦは確かに高いが、付与魔法の効果により、朔のＭＡＴは９００近くまで上昇している。弱点属性に加え、あり余るＭＰを注ぎ込んだ結果、高い効果を発揮したのだ。

だが、アンデッドドラゴンもやられるばかりではない。

黒い靄《もや》が実体化していく。

本来翼がある部分からは、左右二対のうねる肉片の集合体のような触手が生えた。その先端はぽっかりと口に似た穴が開いており、その穴は朔へと向けられていた。

（……なんだ？　いや、先手は取った。今は押す!!）

朔は気になりはしたものの、攻め時と判断し、除霊を放ち続ける。

しかし、そう簡単にはいかなかった。

触手の先端に開いた穴から紫黒《しこく》の塊が飛び出し、その塊はサクが続けて放っていた除霊にぶつかると、光を放ちお互いに消え去ってしまった。

（相殺《そうさい》された!?　邪穢《じゃあい》魔術ってやつか――って、やば！）

相殺《そうさい》されることに加え、手数は四本の触手が使えるアンデッドドラゴンの方が勝《まさ》っていた。四本の触手から連続で放たれる黒い塊は、朔の放った除霊をあっという間に撃ち落とし、さらに無防備な朔へと向かう。

「除霊いいい！！！」

朔は多量のMPを消費し、自身の目の前に巨大な除霊を作り出した。除霊の光は辿《たど》り着いた黒い塊をかき消していく。だが——

（どんどん小さくなってる!?）

——黒い塊を防ぐごとに、えぐり取られたように少しずつその大きさは失われていった。

（くそっ！　一発一発が重い！）

MATの差もあり、えぐり取られる大きさが塊の大きさを上回っていた。

朔は魔力を追加し、えぐり取られた部分を補填《ほてん》していく。

そこに、大部屋に入った段階で、後方の柱の陰に隠れるようにアンデッドドラゴンの後方へと飛んでいったシンが、両翼に風鎌を維持し、一本の触手を目がけて一直線に飛び込んだ。

「GYAAAAA!?」

突然触手を切り裂かれ、アンデッドドラゴンは雄叫《おたけ》びを上げた。

攻撃をしたことで、シンも敵と認識され、残った触手の一本から黒い塊が放たれるようになった。

「シン、ナイス！　それには触れるなよ！」

「クッ！」（あい！）

広い空間を縦横無尽《じゅうおうむじん》に飛び回るシン。迫りくる黒塊をひらりひらりと躱《かわ》し、時には風玉を放って撃ち落とす。

「クッククーッ！」（当たらないよーだ！）

（遠距離は分《ぶ》が悪いなら接近戦でいくか。除霊付与）

二本の触手からの攻撃を防ぎつつ、朔はミスリルと魔鉄の合金製バトルスタッフに魔具作成（魔法付与）を発動した。魔力を通すと、バトルスタッフが青白い輝きを放ちはじめる。

（聖剣というよりも聖杖ってとこかな。俺は勇者って柄《がら》じゃないし）

「しっ」

攻撃を避けるため、朔は息を短く吐《は》きながら左に跳《と》んだ。触手の先端は朔に狙いをつけ続けるものの、着弾までのわずかな時間の間に、朔はそれよりも速く駆けていく。

「うおおおお!!」

技もへったくれもない、全体重を乗せたフルスイングを、アンデッドドラゴンの後ろ脚に振り抜く。

金属同士がぶつかり合ったような音が響く。朔の手はしびれ、硬いバトルスタッフが軋《きし》む一方、アンデッドドラゴンの骨にはひびが入り、その肉感のある赤黒いミミズの塊のような部分が煙を放ちつつ爆散した。

（いっ……何だ⁉）

そのまま駆け抜け、アンデッドドラゴンから距離を取った朔は、全身のあちこちから鋭い痛みを感じて立ち止まる。痛みのある部分を見ると、朔の身体に付着したアンデッドドラゴンの肉片が皮《ひ》膚《ふ》を焼いていた。

「ヒール……効かない⁉　なら、浄化！」

ヒールでは全く回復しなかった患部が、全身を包んだ浄化の光によって癒《い》えていく。まとわりついていた肉片は煙に変わり、針で刺されるのに似た鋭い痛みが弱まる。だが、肉片があった場所は火傷《やけど》のようになり、ひりひりとした痛みが残っていた。

「ミドルヒール！」

朔は再度回復魔法を発動し、傷を癒《い》やそうとした。幸いなことに、ただの傷となった患部には効果があり、痛みが消えていく。

（く、攻撃するたびにこれじゃ接近戦も厳しくないか⁉　って、少しくらい休ませろ！）

朔は攻撃の気配に気づき、地面に手をついた。シンが切り落とした触手はいつの間にか復活しており、三本の触手から放たれる黒い塊が朔へと襲いかかる。

「穴掘り！　って、かったいな、ここの床‼」

朔は土魔法で防壁を作り出そうとするが、硬質な床は魔力の通りが悪く、動きはするのだが、かなり緩慢《かんまん》としていた。

「結局これか！　エリア除霊！」

朔はすぐに思考を切り替えて大きな除霊を作り出し、黒い塊を防ぐ。

（どうする？　このままじゃジリ貧だ。それなら……自らを中心に固定した半径三メートルの半球に指定・維持……エリア除霊!!）

身体から放たれた青白い光がドーム状に朔を包み込んだ。朔は足に力を込め、飛ぶようにアンデッドドラゴンに向かって駆けていく。対して触手は塊を撃つのをやめ、鞭《むち》のように自らをしならせて朔へと襲いかかった。

数回の振り下ろしを避けたものの、体勢が崩れたところに振るわれた横薙《よこな》ぎが朔に迫る。それが除霊のドームに触れた瞬間、表面から紫色の煙が上がり、触手がびくりと震えた。

「しっ！」

明らかに動きが弱まったそれを、朔は短く持ったバトルスタッフでカウンター気味に打ち抜いた。散らばった触手は、すぐに煙となって消える。さらに、機会を窺《うかが》っていたシンが風鎌を展開して、動きが止まった他の触手に向かって滑空《かっくう》する。

「GRAAAAAAAAA!!」

「シン、ナイス！　除霊！」

「クックク－ッ!!」（もう一本っ！）

二本の触手を潰《つぶ》され悲鳴を上げるアンデッドドラゴン。朔は、切り落とされたにもかかわらずうねうねと動いている触手に向かって除霊を放った。シンは追撃を狙うが、アンデッドドラゴンの様子がおかしいことに気づいた朔が叫ぶ。

「シン、離れろ！」

「クッ！」（あい！）

（触手の形が違う？）

潰《つぶ》れた二本の触手が吸い込まれるようになくなり、代わりにそのアンデッドドラゴンの背中からは、大砲のごとき太い触手が一本生えてきた。それは空中にいるシンに向けて、口を大きく開いていた。根本が膨《ふく》らんだかと思えば、数え切れないほど多数の小さな塊が広範囲に射出される。

「散弾銃かよ！」

「ククッ！」（風纏《まと》い！）

避けきれないと判断したシンは咄嗟《とっさ》に魔法を発動させ、翼で身体の前面を覆った。風魔法Ⅰで覚える風纏《まと》い。スタットで気を失った頃のそよ風とは異なり、シンの至近距離には強風が吹き荒れる。

「クッ」（痛っ！）

それでもなお突き抜けてきた一部の塊が、シンの羽を焼き焦がした。空中でバランスを崩し、地面へと落ちるシン。太い触手は、追いかけるように銃口を向け続ける。

（助けに行く隙《すき》はない……けど！）

「浄化！　ヒール！」

朔は二種の魔法を放った。それはロックオンしているミサイルのように、シンを目がけて飛んでいく。

（直接見えなくても、シンを狙うのなんて慣れっこなんだよっ！）

いつも飛び回るシンを狙って訓練をし続けている朔にとって、ただ落ちるシンを狙うことなど造作もなかった。

シンに命中した魔法は、穢《けが》れた傷を浄化して癒《い》やす。痛みがなくなったシンはバランスを取り戻し、力強く羽ばたいて下に向かって加速する。そこに、散弾銃のような塊が再度放たれた。

「クックク－ッ！」（二度も当たらないよーだっ！）

シンは地面を這《は》うように飛び、散弾を躱《かわ》す。そのまま加速してアンデッドドラゴンの股下《またした》を掻《か》い潜りざまに風鎌で切りつけた。

「GRUUUUU!!」

叫《さけ》び声を上げるアンデッドドラゴン。そのとき、圧力が弱まったことで、朔に余裕が生まれる。

「疾《し》っ！」

バトルスタッフを振りかぶり、朔は突進する。先程の痛みの記憶からか、アンデッドドラゴンは暴れ回るように触手を振り回して抵抗した。朔は二本の触手を避け、躱《かわ》し、弾き、掻《か》い潜り——青白く輝くバトルスタッフを振りかぶる。

「はあああああああっ！」

前脚を砕かれ、膝をつくアンデッドドラゴン。

朔が次の狙いを頭へと定めた瞬間、アンデッドドラゴンの身体にぼこぼこと無数の穴が開き、紫《し》黒《こく》の煙が大量に噴き出した。嫌な予感がした朔は、後ろに飛びのいて距離を取る。もうもうと上がる煙は集まり、人類の、魔物の苦しむ顔を形づくっていく。

「「「「イイイ…………」」」」

歯を食いしばったような表情から放たれる奇声に、朔は生唾《なまつば》を呑《の》み込む。

（……邪霊召喚による精神攻撃かよ。嫌な戦い方をするな）

朔はエリア除霊を維持し、腰を落として構えた。恐ろしい形相で向かってくる邪霊にバトルスタッフを振るい、次々と撃ち落としていく。

（なんだ？　俺がこういう戦い方との相性がいいとはいえ、大げさな割にぬるい……まさか⁉）

戦っているうちに違和感を覚えた朔は、アンデッドドラゴンの身体から噴出し続けている煙を見上げる。次々と生まれる邪霊は、その大部分が朔のもとに向かってきていた。

だが、朔だけに向かったわけではなかったのだ。

攻撃を加えた朔やシンのみを狙うアンデッドドラゴンとは違い、邪霊の狙いはその場にいる全ての生者であった。

(リア!)

反射的に、朔は入り口の方を振り向いた。

視線の先にはカルドスがエリア除霊を発動している姿、そして青白く輝く領域の中で、ナタリアが叫《さけ》ぶ姿があった。

「後ろっ!」

「しまっ――」

――機会をじっと窺《うかが》っていたアンデッドドラゴンはその隙《すき》を見逃さなかった。長い尻尾《しっぽ》を横薙《よこな》ぎに振るい、朔の身体を弾き飛ばした。

朔の高いVITであっても膨大なダメージが通り、柱に全身を強く打ちつけた。肺からは、水気のある息が零《こぼ》れる。

(くっそ……。こんな単純な罠《わな》に引っかかった……)

追い打ちとばかりに、殺到する紫黒《しこく》の塊が魔力の供給が断たれた除霊を削《けず》っていく。

朦朧《もうろう》とする意識の中、朔の目に映ったのは、震える足で立ち、震える手で弓を持ち、アンデッドドラゴンに向けて矢を番《つが》えるナタリアと、狂化が発動しそうになり、爬虫類《はちゅうるい》のような目になりかけているリト、そして小さな身体を大きく広げて二人を止めているミラの姿だった。

(ダメだ!)

朔は地面に倒れたまま、手のひらをナタリアたちの方へと向ける。ナタリアが十全に実力を発揮できないこの状況で、アンデッドドラゴンに攻撃を加えることは、彼女たちの死を意味すると、朔にはわかっていた。

(火玉!)

ひどく弱々しい火玉が高速で放たれ、ナタリアたちの目の前で弾けた。驚いて矢を落としたナタリア、目をぱちくりとさせたリトが朔の方を向く。

(絶対に死なせない……)

血反吐《ちへど》を吐《は》きながら朔は立ち上がる。魔力を練り、見る影もない姿になっていた除霊を復元、増強させ、自身に回復魔法をかけて傷を癒《い》やす。

(お前が俺の家族に手を出そうとするなら、俺も手段は選ばない!)

朔は本当の意味での全力で魔力を解放する。現時点で、既に人族の中ではトップクラスのステータスを誇る朔は、仲間への被害や環境への影響を考え、常にセーブしながら攻撃魔法を行使してきた。

その枷《かせ》を外し、朔は膨大な魔力を思うがままに振るいはじめる。

「火矢」

火魔法Ⅲで習得した魔術――火矢が朔の周囲に出現する。数を多く出すことができ、速度も速いものの、直進性が強いことによりコントロールが難しいそれを、朔は今までほとんど使用してこなかった。火矢は大量のＭＰを吸い、菌が増殖するかのようにその数を増やしていく。

その光景を見たミラがぼそりと呟《つぶや》く。

「青い、炎の矢？」

「……おそらくは作り出す際に、除霊と混ぜているのかと思われますが、詳しいことはわかりません」

ナタリアのこの推測は半分当たっていた。確かに、朔は火矢を生成する過程で、除霊を練り込んでいた。だが、理由はもう一つある。火の温度だ。朔は赤い炎よりも熱い、青い炎を強くイメージして魔力を供給していた。

いくら朔とはいえ、さすがに本当に炎が青くなる一万度を超えているわけではないが、除霊と混合された火矢は青い光を放ちながら、朔の周囲を埋め尽くしていく。

「行け」

朔の意思に従い、無数の火矢が一斉に射出される。朔のコントロール下にないそれは、ただまっすぐに突き進み、触れた邪霊を瞬時に燃やし、なおも直進する。そして、荘厳な装飾が施された壁や柱を焦がしていった。

「まだだ……」

なおも、朔は弾幕を張り続ける。外周にいた邪霊を一掃した後は範囲を狭《せば》め、煙の元であるアンデッドドラゴンへと集中砲火を浴びせた。アンデッドドラゴンはたまらず身体から煙を吐《は》き出すのをやめ、憎らし気に朔を睨《にら》みつけた。

「もうネタ切れか？」

「GRYYYYYYYY？」

怒りの咆哮《ほうこう》を上げるアンデッドドラゴン。同時に、内部から細い紫黒《しこく》の触手が何本も飛び出し、絡み合う。そうしてそれがアンデッドドラゴンの身体に纏《まと》わりつき、硬質化していく。

構うことなく火矢を放ち続ける朔であったが、硬質な外殻《がいかく》には火矢が突き刺さることなく弾かれてしまった。

（煙を吐《は》き出す姿が第二形態なら、第三形態ってとこか。しかも、火矢が弾かれるくらい硬いのかよっ！）

睨《にら》みつける朔の視線の先には、金属のような光沢《こうたく》のある紫黒《しこく》の体を纏《まと》ったアンデッドドラゴンが、四本の足で立っていた。背中にある四本の触手の先は頭部を模しており、虎バサミのような口にあたる部分がガチガチと歯を鳴らして朔を威嚇《いかく》している。

「接近戦がお望みか？」

ＭＰの消費を抑えるために、朔はエリア除霊の範囲をさらに狭め、アイテムボックスから新たなバトルスタッフを取り出す。先端に大きな六角柱がついたそれは、もはや杖と呼ぶにはあまりにも無骨な代物だった。

（杖術は『突けば槍払えば薙刀《なぎなた》打てば太刀』って、どこかで聞いたことあるけど……これは、鈍器《どんき》でしかないな）

自身の作った武器を見て苦笑する朔であったが、仮に朔が剣を選んでいた場合、ここで詰んでいた可能性も十分にあった。武術の才能も修練する時間もなかった朔に、アンデッドドラゴンの外殻《がいかく》にあるわずかな隙間《すきま》を通すような達人技を求めるのは、酷というものだからだ。

朔は距離を取ったまま、無骨なバトルスタッフに除霊を付与する。アンデッドドラゴンは五本の鎌首《かまくび》をもたげ、朔の出方を待っていた。

（……そっちから動かないなら、準備させてもらうか）

「シーーーン！」

「クッ？」（あい？）

「ん？」

予想外にすぐ近くから聞こえたシンの返事に朔が視線を落とすと、足元の影で朔を見上げるシンと目が合う。

「……なんでそんなとこにいるの？」

「クーッ」（きゅうけいー♪）

シンは広げた翼をぱたぱたと羽ばたかせ、朔の肩に飛び乗った。朔は喉《のど》をくるくると鳴らすシンを苦笑いを浮かべて撫《な》でる。

（まったく、シンは自由すぎるよ……でも、頭に上ってた血が落ち着いたかも）

「急に動くかもしれないし、危ないからね。でも、ちょうどよかったよ。ちょっとこっちにおいで」

肩の力が少し抜けた朔がシンの目の前に左腕を上げると、シンはぴょんと跳《と》び移った。朔はバトルスタッフを肩にかけ、アイテムボックスから漆黒の魔石がついた小さなミスリル細工を取り出す。

「じっとしてろよー」

「クック？」（これ何？）

「シン専用の魔導具だよ。今から魔法を付与するけど、右足が回復魔法で、左足が除霊だからね」

朔がシンの両足に装着したのは、残っていたダンジョンコアの欠片《かけら》を使ったシン専用の魔導具である。以前、シン用の魔法杖を作ろうとした際に、魔石の大きさがネックになって断念していたのを、ダンジョンコアを使うことで解決した逸品《いっぴん》であった。

「…………よし、これで完成」

「クーッ♪　クッククーッ♪」（わーい♪　パパ、ありがとー♪）

欠片《かけら》とはいえなかなかの量のＭＰを消費したが、シンの新たな武器が完成した。シンは翼を大きく広げて朔の肩に移り、頬《ほお》ずりしながら喜びを表す。

「じゃあ、そろそろ行こっか。シンの攻撃は多分通らないから撹乱《かくらん》重視で、もし俺が攻撃を受けたら回復をお願いね」

「クッ！」（あいっ！）

「フゴッ！」（はいですっ！）

「んん？　……リト、なんでいるの？」

「フゴゴッ！」（母上と姉上からです！）

差し出されたリトの手にあったのは、ナタリアとミラに渡した婚約指輪だった。ダンジョンコアを使い、朔の魔力を大量に吸い込んだそれは、永続的に全ステータス＋１００を付与することができる代物である。

「フゴゴッフゴッ！」（勝って必ず返してって言ってたです！）

「リア、ミラ……リトもありがとね」

朔はリトの手から指輪を受け取り、左手の薬指に嵌《は》め——ようとして思い直す。少しだけ思案した後、アイテムからミスリルのチェーンを取り出して指輪を通し、自身の首にかけた。

(……あれ？　同じ種類の付与って二重に効果は出ないはずなんだけど、なんか効果がある感じがするような？)

朔がステータスを出して確認すると、ＨＰとＭＰ以外のステータスが全て＋１５０になっていた。これは同一の魔石によって作られた魔導具の【共鳴】と呼ばれる現象なのだが、この時点でそのことを知らない朔にはわかりようがなかった。

(……うん。なんかラッキーってことにしとこ)

朔は早々に悩むのをやめ、バトルスタッフを手にする。

「リトはリアたちのところへ」

「フゴッ！」(やっ、です！)

(リトまで!?　シンに毒されてるんじゃないよ！)

「リト、この魔物はすっごく強いんだよ。だから——」

「——フゴッ！　フゴゴッ！」(——だからです！　だから父上に助太刀したいのです！)

「リト……」

(……この形態ならリトとの相性もよさそうだし、引きつけるだけなら任せられるか？　挑発でリ

トに一斉攻撃をされる危険はあるが……おそらくいけるはず）

「……わかった。端っこの首を一本引きつけてくれると助かる。でも、引きつけるだけだよ？」

「フゴッ！」（はいです！）

満面の笑みで、リトは任せてと言わんばかりに胸をドンと叩《たた》いた。朔はリト自身にステータス強化を、短槍に除霊を付与し、三度《みたび》アンデッドドラゴンへと向き直る。

「待たせたな」

「GRRRRU……」

中央の頭が朔の言葉に応《こた》えるように鳴き、四本の首が一斉に口を広げた。

「行くぞっ！　シンは左、リトは右へ！」

「クッ！」（うん！）

「フゴッ！」（はいです！）

シンとリトは左右に分かれ、朔はアンデッドドラゴンに向かってまっすぐに走る。対して、アンデッドドラゴンはしならせるように四つの首を振り上げた。

「フゴッ！」（挑発ですっ！）

リトが右端の一本へ挑発をかけた。その頭はぐるりと向きを変え、リトに狙いを定める。

（やっぱりそうか。あの首はアンデッドドラゴン本体とは違う何かだな）

「フゴッ」（躱《かわ》すのです！）

怒りで闇雲に振り回される首に対し、リトは重心をやや後ろに置いた守備重視の構えで、冷静に対処する。

「フゴゴッ！」（避けられないときは！）

横薙《よこな》ぎに振るわれた長い首を、高くジャンプして躱《かわ》すという選択肢もあったのだが、リトが取ったのは——

「フゴッ！」（前なのです！）

——最も力と速度が乗った頭部から打点をずらすために、前に出ることだった。

「フゴゴッ！」（発動です！）

さらに、リトは大盾に付与された重力魔法を発動させ、力を抜いて身体を浮かせる。踏んばっていないため衝撃によって吹き飛ばされたが、ゴロゴロと転がったリトはすぐに起き上がって盾を構える。

「フゴッ！」（まだまだです！）

「クッ！」（風鎌！）

一方、シンは左端の首とのすれ違いざまに、柔《やわ》らかい部分——大きく開いた口の中へと風鎌を投げ込んだ。硬化した表面のせいもあり、風鎌は蠢《うごめ》いている内部を引き裂きながら、首の奥深くまで傷つけていく。

（上手い！　シンって、観察力が高いからか、何気《なにげ》に相手の弱点とか嫌がることを見つけるのが得意だよね。って、やばっ！）

シンの様子を見ていた朔に、硬く太い首が振り下ろされた。朔は間一髪でその一撃を躱《かわ》す。彼がいたところには、小さなクレーターのような陥没《かんぼつ》ができていた。

（集中しろ！　力も重さも相手が上。真正面からの打ち合いだと、とてもじゃないが勝ち目がない。避けて、弾いて、カウンターを叩《たた》き込んでやる）

朔は、いまだに動きを見せない本体の首に注意しつつ、近づきすぎないように、かといって離れもすぎない位置に身を置き、自身に向かって振るわれる首を躱《かわ》す。

（ここだ！）

隙《すき》を突いて振るわれたバトルスタッフが、アンデッドドラゴンの頭を横から殴《なぐ》りつける。硬いものが軋《きし》むような、鈍《にぶ》い金属音が鳴り響いた。

（かってえええええ!?）

殴《なぐ》られた頭は首を身体の近くまで引っ込め、確実にダメージは通っている。しかし、殴《なぐ》りつけた朔もまた、ただでは済まなかった。

（手はしびれるし、一撃でこれかよっ！）

正面からぶつかり合ったバトルスタッフには、わずかながら歪《ゆが》みが生《しょう》じてしまっていたのだ。

そこにもう一本の首が振り下ろされる。朔は短く息を吐《は》きつつ、横に跳《と》ぶ。

（何回でもやるしかないか）


そうして十分が経ち、二十分が経った頃……朔たちは劣勢を強《し》いられていた。

紫黒《しこく》の散弾が再度向けられるようになったため、シンはアンデッドドラゴンに近づくことすらできないでおり、硬い頭部を何度も打ちすえた朔の手とバトルスタッフは、既にぼろぼろになってしまっていた。

（ＶＩＴがかなり高い上に硬いせいで、効きがかなり悪い。いったい、どうすれば……）

朔は先端にハンマーがついた鞭《むち》のように振るわれる首を避けつつ、考えを巡らしていたのだが、しびれた手からバトルスタッフがこぼれ落ちてしまった。

「げっ、それはまずい！」

思わず口から出た言葉。往々にして悪いことは重なるものであり、弾き飛ばされ続け、かすり傷だらけになっているリトに異変が起きる。

「フゴゴッ」（挑発です！）

盾を持ち直し、やや離れたところから再度挑発をかけ直したリト。距離が開きすぎたため、朔のもとへ向かおうとした首は再度リトへと敵意を向け――吼《ほ》える。

「BROOOOOW!!」

「フゴ……フギャ……グギャ！」（怖い……こわロス……コロスッ！）

（しまった！　他の首も咆哮《ほうこう》を使えたのか！）

「リトッ！」

咆哮《ほうこう》をまともに受けてしまい、リトは狂化が発動しかけてしまう。幸いなことに首が届く範囲からは外れていたが、朔はリトを助けに行こうと足に力を込めた。しかし――

「BRRRRO……」

リトのいる側から生えている大きな口を開けた首が、朔の行く手を塞《ふさ》ぎ、歯を打ち鳴らしていた。

無手の朔ではどうすることもできず、彼は叫《さけ》ぶ。

「邪魔するなっ！　くっ、シン！　リトのもとへ向かえるか！」

焦《あせ》る朔とは対照的に、散弾の範囲と軌道に慣れてきたシンが、ひらひらと躱《かわ》しながらいつもの調子の声で返す。

「クックーッ」（大丈夫だよー）

「え？」

「クッククー」（強い子だから大丈夫なのー）

「リトが？」

「クッ！」（うんっ！）

シンがあまりにも普通に言ったため、あっけにとられた朔は、リトとは逆の方向へと走ってアンデッドドラゴンから距離を取り、リトの方へと視線を向ける。

「グギャ、グゴ……」（コロス、コわい……）

明らかに、狂化が発動しかかっているリト。朔の目には、ギリギリでどうにか耐えているようにしか見えなかった。しかし、そんなリトの金色の瞳に、赤いハンカチが映る。

「グギ、ゴッ……」（コロ、母ウエ……）

かつて引き裂かれ、踏みにじられた従魔の証《あかし》。今度は簡単に取られないようにと、しっかりと結ばれたそれは、リトの心をも結び留める。

「フゴギャ……」（僕ハ……）

ダンジョンで独りで戦う訓練をした際、『恐怖に克《か》つというのは、恐怖を感じないことではなく、恐怖を受け止め、それでもなお前に進むことですよ』と、リトはナタリアから教えられていた。そのナタリアが後ろにいる。全幅《ぜんぷく》の信頼を寄せる朔もすぐ近くにいる。

「グゴッ！　フギ」（コワいです！　でモ）

リトは怖がりな自分を受け入れる。そして――

「フゴゴッ！」（負けないのです！）

——勇気を示した。

「フゴッ！」（かかってこいです！）

「BRRRRRO……」

怯《おび》え震えていたリトから受けた挑発。それはその首の意識を怒りに染め上げる。そして、今度こそはと口を大きく開き、息を吸い込む。

「クッ」（ぽいっ）

しかし、空気とともに吸い込まれたのは、タイミングよく姿を現したシンが放った除霊の光だった。のたうち回る首を放置し、シンはリトの頭の上に留まる。

「クックク一ッ♪」（よくできましたーっ♪）

「フゴゴッ！」（頑張《がんば》ったです！）

シンはリトの頭の上で羽ばたきながら回復魔法を発動させ、リトが負っていた傷を癒《い》やした。

「シン、ナイス！」

「クッククッ！」（パパは早く何か考えて！）

朔はシンに向け声をかけたが、返ってきたのは思ってもみなかった言葉だった。

「ええ!?」

「カッカッ！」（パパらしくないの！）

驚く朔に対し、ぷんすか怒っているシンは、嘴《くちばし》を叩《たた》き合わせた警戒音で返事をした。シンに言われて初めて、朔は試練だからと気負いすぎていたことに気づく。

（なんで俺は、シンとリトを危険に晒《さら》してまで、こんな化物相手に正面から立ち向かってるんだ？　俺は強敵相手に真正面から戦うタイプじゃないだろ？　俺はステータスが高いだけのサポート職。弱点を探して、弱みを突いてなんぼだろ？）

朔はさらに距離を取ってから頭の中を整理していく。その姿を見たミラが微笑《ほほえ》んだ。

「ん。いつもの顔になってきた」

「いつもの顔？」

「悪いこと考えてる顔」

不安そうなナタリアに、ミラはぺろりと赤い舌を出して悪戯《いたずら》っぽく告げた。ナタリアは朔の方を見つめ、今までの彼の行動を思い返す。

「そういえば、オークのときも、ダンジョンのときも、何かするときはあんな顔していたような気が……」

（第三形態でも除霊や浄化が効いてるのは間違いない……。アイテムボックスになんか入ってないかな？）

「とりあえず、バトルスタッフをもう一本出して除霊を付与してと」

（なんかないか、なんかないか……。食材になるのは駄目だし、魚醤《ぎょしょう》のなりそこないは……あいつは鼻がなさそうだから却下。食器や雑貨はもちろん、魔石や魔物の素材類もピンとこない。湖の水、川の水、井戸水、泥炭、チップ類、木材……。岩、綺麗《きれい》な石、レンガ、金属のインゴット……。薬草類、毒草類、毒きのこ、なんかの木の実、薬にポーションに……あ！　これ使えるんじゃ？）

朔は高速思考でアイテムボックスの中にあるものを確認していき、その中にあったあるものに当たりをつけた。

朔は再びアンデッドドラゴンへと向かって走り出す。

二本の首は朔を迎え撃つため、大きく後ろにしならせてから一気に振り下ろす。

鞭《むち》のようとはいえ、外殻《がいかく》で覆われている首は直線的であり、冷静になった朔にとって、ただ躱《かわ》すだけならそこまで難しくはなかった。

やがて、いくら振り回し続けても、ゆらゆらと捉えどころがない朔に業《ごう》を煮やした首は、彼を噛《か》み砕こうと口を開けて迫る。

いくら躱《かわ》しやすいとはいえ、一撃が死に直結する攻撃を躱《かわ》し続ける作業は、朔の精神をすり減らしていたのだが……堪《こら》え切れなかったアンデッドドラゴンの行動に、朔はにやりと笑う。

（来た！　アイテムボックス！）

目の前に現れたのは厳重に密封された大瓶。朔はそれにそっと足を当て、大きな口を開いたアンデッドドラゴンに向けて蹴る。

自身もその反動で後ろに跳《と》び、朔の目の前でアンデッドドラゴンの歯が噛《か》み合わされる。

「BROOOOOO!?」

大瓶を噛《か》み砕いた瞬間、アンデッドドラゴンは悲痛な鳴き声を上げた。噛《か》み砕いた首は外殻《がいかく》ごと焼け爛《ただ》れたようにどろどろと溶け、紫黒《しこく》の煙となって消えていく。

「おお……ポーション廃液すげえ」

瓶に入っていたのは、朔が大量にポーションを作ったときに出た廃液だった。魔力を込めすぎたものや不足したものなど、失敗の原因は様々ではあるが、その多くは効きすぎることによって破棄されたものであり、つまり——回復魔法や神聖魔法が付与された液体が詰まった劇物であった。

(こんなのでいいなら、たくさんあるよ?)

アイテムボックスから出した瓶を左手に持ち、朔は笑みを深めて走り出した。

振り回される首。溶ける頭部。響く悲鳴。再び伸びてくる首。アンデッドドラゴンの周囲には溶けた外殻《がいかく》の残骸が散乱し、二本しかない触手には、もはや外殻《がいかく》を纏《まと》う余裕すらなくなっていた。

一方、朔たちは、限界を迎えたリトがはじめに脱落し、二本の散弾銃を向けられたシンがついに被弾して離脱。

今は満身創痍《まんしんそうい》の触手と、同じくあちこちに火傷《やけど》を負った朔が対峙している。

（さて、ついにこの瓶一本で終わりか。キュアポーションもあるけど、普通のポーションだとこれより効果が落ちるよな）

朔はそんなことを考えながら走り出す。

外殻《がいかく》がなくなったことで不規則に振るわれるようになった触手は、避けづらさを増していた。

しかし、その分どこから廃液をかけてもいいという状態でもあった。

朔は振るわれる触手をバトルスタッフで弾き、その動きを一瞬だけ止める。

瓶を投げ上げ、射出された小さな石礫《いしつぶて》がその瓶を触手の真上で割る。

降り注ぐ廃液は、触手を容赦《ようしゃ》なく溶かしていった。

「触手はあと一本……」

「サクさんっ！」

突然真後ろから上がったナタリアの悲鳴。残り一本となった触手に気を取られていた朔は、アンデッドドラゴン本体の頭部への注意がおろそかになってしまっていた。

それでもなお、ナタリアの声に素早く反応した朔の目には、大きな顎《あご》を開いたアンデッドドラゴンの口の奥から、漆黒《しっこく》の禍々《まがまが》しい何かが今にも溢《あふ》れ出てこようとしているのが見えた。

足に力を入れ、跳《と》ぼうとする朔。しかし、あることに気づいた。

（……リアの声が『真後ろ』から聞こえた？）

振り返って確認する余裕はなかった。太い柱に隠れれば、少なくともナタリアたちが直撃を避けられるであろうことは推測できた。しかし、朔は足を開いて腰を落とし、バトルスタッフをアイテムボックスへと収納して魔力を練り上げる。

（俺は皆を守ると決めたんだ！　たとえドラゴンのブレスでも！）

朔は地面に手をつき、大量のＭＰをつぎ込むことで無理やり硬い床を動かす。でき上がった石壁に魔具作成（魔法付与）を使い、除霊の力を注ぎ込む。

さらに、ひたすらに濃いエリア除霊を作り上げて壁を覆った。

それが完成すると同時に、アンデッドドラゴンからブレスが放たれる。

『ＧＲＡＡＡＡＡＡＡＡＡＡＡＡＡ‼』

「うおおおおおおおおおおお！」

ブレスとぶつかり合う三重の防壁。双方の意地がぶつかり合うように、両者は一瞬も力を抜くことなく、お互いを相殺《そうさい》し続ける。

「リア、どう？」

「……サクさんの分《ぶ》が悪いです。ＭＰもそろそろ限界でしょう」

ナタリアの言葉通り、軍配はアンデッドドラゴンの方へと傾いていた。その理由は単純で、双方の魔法に関する出力の差、つまりはMATの差である。その差を埋めるために、朔はアンデッドドラゴンよりも大量のMPを消費していた。

大量の汗をかきながら、気力を振り絞《しぼ》っている朔の姿を見たカルドスは、ナタリアたちに声をかける。

「ここを離れましょう！　扉から出るなり、ブレスの射線から避ければ――」

「――猊下《げいか》、私たちは信じると決めたのです。今更逃げるくらいならば、私たちは最初からここにいるべきではありません」

「ん。私たちが避けた先にブレスを向けられた方が朔の邪魔になる」

ナタリアもミラも逃げる気など微塵《みじん》もなかった。カルドスは信じられないといった様子で、再び朔へと目を向ける。石壁は風化していくかのように表面からさらさらと砂塵《さじん》に変わっていき、ドームは明らかにその大きさを縮めていた。

（サク殿……ん、何を？）

カルドスからは、朔が何やら腰のあたりを探っているのが見えていた。

「残念だったな。どれだけ我慢比べをしても、俺のMPは尽きない！」

朔はポケットの中から小瓶を取り出して一気に呷《あお》る。

それは、オリヴィアから渡された上級のレシピに書かれていたMPポーション、王都での修業により上級錬金術師になったため作成が可能になった秘薬の一つだった。

旅の空いた時間に、パルマから渡された道具を使用して精製し、余ったMPを注ぎ込んでいたそれは、枯渇《こかつ》しかけていた朔のMPを一気に回復させる。

「俺一人だったら、お前に勝てる気なんて一ミリもしない。でも、俺には支えてくれる家族が、導いてくれる師匠が、足りないところを補ってくれる仲間がいる。お前も昔はいたんだろ？　じゃなきゃ、守護者なんて称号はつかないはずだ!!　何に囚《とら》われてここに来たのかは知らないが、大人しく仲間が待ってる天へと還《かえ》れ!!」

朔は回復したMPを除霊に注ぎ込む。それは、アンデッドドラゴンのブレスを少しではあるが確かに押し返した。

「GRAAAAAAAAAAAAAAAAAAA！！！」

「うおおおおおおおおおおお!!」

怒りで力を強めるアンデッドドラゴン。朔もまた大量のMPを注ぎ込み、双方は一歩も退《ひ》くことなく力を振り絞《しぼ》る。ぶつかり合う暗紫色の光と青白色の光。それは、もはや意地の張り合いだった。

「AAAAAAAAAA――――!!」

「ああああああああ――――!!」

双方の限界を超えた魔力のぶつかり合いによって、大部屋は眩《まばゆ》い光に呑《の》み込まれる。

そして――

「らあああああ!!」

――根負けしたのはアンデッドドラゴンだった。除霊の光に晒《さら》され、全力を出したブレス後の硬直を狙い、朔は疾走《しっそう》する。

「シン、行けるな!」

「クッ!」（もちろん!）

朔は走りながら、ボロボロになっている無骨なバトルスタッフを取り出し、残ったＭＰのほとんどをそれに注ぎ込んでいく。

青白い輝きは青みを増し、空よりも深く、海のように深い青へと変わっていく。

朔は大きく振りかぶり、アンデッドドラゴンの頭を目がけて跳《と》ぶ。

隅っこでこっそり身体を癒《い》やしていたシンは、動きが止まっていた触手に向け、ひときわ太く大きな風鎌と除霊を作り出して飛んだ。

シンの風鎌は残った触手を縦に切り裂き、除霊がその断面から触手を溶かしていく。

続いて、朔がバトルスタッフを振り下ろす間際、固まっていたはずのアンデッドドラゴンの目がぎょろりと動いた。

刹那の時間、目と目が合う両者。

そして、バトルスタッフが頭に当たる瞬間、アンデッドドラゴンは再び目を閉じる。

硬い紫黒《しこく》の外殻《がいかく》、竜骨、高いＶＩＴを突き破り、バトルスタッフはアンデッドドラゴンの頭を砕いた。

中から弾け出たのは、穢《けが》れの塊とでもいうべき何か。青い輝きに触れたそれは、大量の紫黒色の煙となり、大部屋を覆い隠した。


黒い煙の中で、朔は目を閉じていた。

しかし、いつまで経っても、弾け飛んだ塊が降りかかる感覚も、鋭い痛みが襲ってくることもなかった。

その代わりに、優しく心地よい声がかけられる。

『人の子よ、礼を言う。よくぞ私を打ち倒してくれた』

突然の言葉に、朔は目を開ける。視界に映ったのは、紫煙の中にぽっかりと空いた空間、そして半透明な純白の竜の姿。

「……あなたは」

『ただの竜だよ。守護竜と呼ばれながらも、友を、家族を、群れを守れなかった……ただの愚かな

竜だ』

「聞こえていたのですか？」

『ああ、腹に据えかねて全力を出してしまった』

「……私も我を忘れてしまい、申し訳ありません。しかし、それまでは手加減をしてくださっていたと？　意識がおありだったのですか？」

朔は頭を下げることなく謝罪し、白竜に問いかけた。優しい目をした白竜は、ゆっくりと首を横に振る。

『手加減といっても、最後の打ち合いまでは自分の頭を動かさなかっただけだよ。身体から湧《わ》き出てくる、荒ぶる触手を止めることはできなんだ。だが、溜《た》め込んだ怨嗟《えんさ》を吐《は》き出しきったおかげで、こうして家族の懐《なつ》かしい匂《にお》いがするお前と話ができる』

「私の勝利は薄氷の上にありました。あなたがしてくれたほんの少しの手加減のおかげです。しかし、家族の匂《にお》いとは？」

『ドラゴンスレイヤーとなったにもかかわらず謙虚な男だね。家族とは言葉の通りだよ。あの子は確か……ネロという名の黒飛竜を知らないかい？』

朔にはどちらも聞き覚えのないものであった。ただ、強烈な印象を持っている一匹の龍が、朔の頭に浮かぶ。

「いえ……暴龍と呼ばれている黒い龍から、魔力の奔流《ほんりゅう》を浴びせられたことならありますが……」

『くっくっくっ、暴龍とな！　友のそばで眠ることが何よりも好きだったあの子が、そのような呼び名をもらうことになるとはねえ。その魔力の奔流《ほんりゅう》は、我らがするマーキングのようなものだよ』

笑いをこらえきれなかった白竜は天井を見上げ、過去を懐《なつ》かしみながら語った。

「ええと……私は狙われているのでしょうか」

『そうかもしれないね。まあ、そなたには私の匂《にお》いが染みついてしまったから、話くらいは聞いてくれるはずだよ』

「情報ありがとうございます。できるだけ近づかないようにします」

『くっくっく、それも選択肢の一つではあるだろうね。さて、あまり時間がない。今のうちに薬を飲んでおきなさい』

朔は暴龍の巣には近づかないと決意し、頭を下げた。白竜は再び笑い、穏やかな声で朔を促した。

(なんで人の好《よ》さそうな竜がこんなところに……)

『死闘した相手の死に悲しむでないよ。怨嗟《えんさ》に呑《の》まれた我がようやく仲間のもとへ還《かえ》れるのだから。最後に、そなたの名を教えてくれるかい？』

「サク・アサクラと申します。あなたの名も教えていただけないでしょうか」

『いい名だね。私はシリウスだよ。サク、私を天に還《かえ》してくれないか』

「……わかりました。あなたのことは生涯忘れません。除……」

除霊を発動しかけた朔は言葉を切り、大きく息を吸い込んだ。朔は、天に還《かえ》るイメージを、天界へとまっすぐに昇るイメージを込めて詠う。

「天に御座《おわ》す神々に、汝《なんじ》らが使徒サク・アサクラが請う。穢《けが》れ堕ちた魂に父神の導きを、誇り高き白竜に母神の慈愛《じあい》を。どうか彼らの罪を許し、彼らを再び愛したまえ――」

朔は片膝をついて手を組み、目を閉じる。

「――浄化」

聖職者であれば誰であっても使える神聖魔法の初級魔法。除霊ではなく浄化を選択したのは、言葉の意味を考えた朔が白竜に使いたくないと思ったからである。

朔は回復した魔力を注ぎ込み、浄化の光を内から外へと広げていく。床でうねっている肉片は煙となり、煙は光となって消えていく。

肉の一片も残さないように、煙の一粒子も取りこぼさないように、朔は祈りを込めて広げていく。

やがて青白い浄化の光は大部屋の全てを包み込む。乳白色の壁が、柱が、床が、天井が、一片の影もない青に染まった。

（シリウス様、どうか安らかに……）

そして、全てのＭＰを使い果たした朔は意識を失った。

朔は目を開ける。そこはダンジョンの大部屋ではなく真っ白な部屋だった。彼は起き上がり、あたりを見渡す。

『起きたか』

「……アルス様」

視界に映ったアルスが声をかけてくるが、朔は素直に喜ぶことなどできるわけもなく、肩を落としてしまった。

『よくやったの』

「……シリウス様は天に還《かえ》れたのでしょうか」

『もちろんじゃ。私の使徒の頼みじゃからな』

「アルス様、ありがとうございます。……シリウス様はなぜあのような場所にいたのでしょう」

ぱっと顔を上げた朔だったが、再び目を落としてぽつりと呟《つぶや》いた。アルスは穏やかな眼差《まなざ》しで朔を見つめ、悲しげな声で語りかける。

『このような魔物が蔓延《はびこ》る世界、さらに言えば、あやつが生きていたのは戦争の時代だ。心根が善で優しいものであっても、怒りや恨《うら》みに身を委《ゆだ》ねてしまうような出来事は数え切れぬほど起きていた』

アルスはそこで言葉を区切るが、朔はまだうつむいたままであった。アルスは息を深く吸い、慈《じ》愛《あい》に満ちた声で言葉を紡《つむ》ぐ。

『……しかし、私はこの世界を愛している。死が身近な分、生きとし生けるものが精一杯生きているこの世界がな』

「アルス様……」

『お前が悔やむことではない。むしろこれは、至らぬ我の罪じゃよ』

「そんなことはっ！」

朔は顔を上げ、アルスの言葉を否定した。アルスは優しいが悲しげな笑みを浮かべている。

『試練を突破し、神の使徒となったお主には褒美《ほうび》をやろう』

「そんな、既に過分にいただいております」

『まあ聞け。お主と一緒に連れてこられた者たちのことじゃ』

「アルス様が教えてくださると？」

『ヒトミが話しにくいことじゃからな。お主もそれがわかっていたため、聞きそびれたのじゃろう』

アルスの言う通りであった。朔は聞こうと思って、ヒトミに聞けていないことがあった。朔は呼吸を整え、絞《しぼ》り出したような声でアルスに尋《たず》ねる。

「……私とともにこの世界に来たうちの四人は、なぜ殺されたのでしょう」

朔はこの世界に来た直後に発見し埋葬《まいそう》した地球人四人のことを思い出していた。

『なぜだと思う？』

「……最初は反抗したからだと思っていました。しかし、ヒトミの様子からはとてもそうだとは思えません。それに、アルス様がおっしゃいました『絶望の中でこの世界に来た』という言葉が引っかかっています」

朔はずっと引っかかっていた。争い合ったにしては、死体が綺麗《きれい》すぎた。法医学に関してはあまり深く学んではいなかったが、何かずっと違和感を抱いていた。

『その通りだ。友、家族、理由は様々じゃが、皆人生に絶望し、自らの命を断った者の中から、ミコトが善良な精神を持ち、この世界に馴染《なじ》めそうな者、二十一人を選んだと話しておった』

「ではなぜ彼らは？」

『機会を与えられてなお、彼らは死を選んだのだよ』

「そんな、なぜ……」

あまりにもショックな理由に、朔は言葉が詰まってしまった。アルスは目を閉じて顔を左右に振る。

『それは私も知らぬ。ヒトミはお前を待っている間、一人ひとりの話を聞き、説得しようとしたようだ。ただ、ヒトミは頑《かたく》なにそやつらが話した内容を言わなかった』

「……いったい何が」

『私が知っていることは、彼らはお主らの世界での記憶を持ったままこの世界で生きることは拒んだが、この世界で生まれ変わることを希望したということだけじゃよ。そのため、こちらの世界で受肉し、死ぬ必要があったのだ。だが、お主が懸念しているような苦しみを味わったわけではない。意識がない状態であの地に降り立ち、お主が見た通りすぐさま首を刎《は》ねられた。魂はこの世界の輪《りん》廻《ね》に加わり、いつの日か生まれ変わるのを揺蕩《たゆた》いながら待っておる。あるいは、お主らの子に宿ることもあるやもしれぬな』

「……そうだったのですか。アルス様、ありがとうございます。しかし、私たちの子になってくれるのであれば嬉しいですね」

慈《いつく》しみ深いアルスの声色《こわいろ》と朔を気遣う言葉。その優しさに、朔はほんのわずかな笑みを浮かべた。

『嬉しい？』

「はい。悲しいことや苦しいことが全くないとは言えません。つらいことは、必ず人生のどこかであるでしょう。しかし、少なくとも希望が絶たれることがないように……絶望の縁に立ったとしても、私を、家族を頼れるように、愛情を注ぐことはできますから」

朔は自分の思いをまっすぐに告げた。無言で頷《うなず》くアルスに、朔はもうひとつの気がかりを尋《たず》ねる。

「もう一つお聞きしても？」

『もちろんよいぞ。時間はある』

「生きていた残りの人々は、今どこで何をしているのでしょう」

『とある場所にある学び舎《や》に通っておるよ』

「学び舎《や》……私たちのような者が通える学校があるのでしょうか？」

『ああ。三年間、この世界のことを一から学び、それぞれが希望する職に就く予定だ。冒険者となって国を出る者もおるから、そのうち巡り合うこともあるやもしれぬ』

（ん？　何か俺が思っていたのとだいぶ違うんだけど……俺って取り残された上に脱出が遅れてたら暴龍から殺されてた可能性もあるし、何だったら一角兎から突き殺されてたなんてのもあり得るんだけど……。ふう、今更言っても仕方がないし、今が幸せだからいっか）

『そもそも、お主が制限時間を無視してきゃらくたーめいきんぐをしていたと聞いておるが？』

「はい、その通りでした。申し訳ありません」

『まったく。他にはないか？』

（本当はもう一個あるけど、それはヒトミから聞いた方がいいかな。確かに絶望はしてたけど、自殺したわけでもない俺がなんでここにいるのかなんて、アルス様に聞いても今更どうしようもないだろうし）

「十分です。胸につかえていたものが取れたような気がします。お聞かせくださいまして、ありがとうございます」

『……あの馬鹿娘め。まあよい、確かに既に詮《せん》なきことだ。それより、お主はそやつらと合流するのか？』

アルスは一瞬だけヒトミへの怒りを顕《あらわ》にするが、すぐにそれを霧散させて朔に尋《たず》ねた。

「もし、会うことができ、手助けが必要なのであればできうることはしたいと思います。ただ、恩人がたくさんいて、ヒトミが王として発展させたパストゥールを離れたいとは思っていません」

『そうか……。わかった。他にないか？』

「ありません」

『では、さらばだ。また会おう』

アルスが杖で床をこつんと鳴らした。


朔はあちこちが黒く焦《こ》げた大部屋の中で目を覚ます。後頭部には柔《やわ》らかい感触があり、顔にはぽたぽたと何か液体が降りかかっている感覚があった。

「リア、ありがとう」

「サクさん……ごめんなさい。私がしっかりしてないばかりに、こんな目に遭《あ》わせて」

朔が目を開けると、顔をぐしゃぐしゃにしたナタリアの顔がすぐ目の前にあった。朔は手を伸ばし、ナタリアの頭を優しく撫《な》でる。

「一人で戦うことは俺が決めたことだから、泣かないで」

「でも――」

朔は上半身を起こすと同時にナタリアの頭を引き寄せ、何かを言おうとした彼女の口を自身の口で塞《ふさ》いだ。

もごもごと何かを言おうとしていたナタリアが力を抜いた後も口づけを続け、ゆっくりと口を離す。耳まで真っ赤になったナタリアは、背筋をピンとさせて固まっていた。

「リアたちが見ていてくれたから――」

朔が声をかけようとした途端、今度は朔の口が何かに塞《ふさ》がれた。反対側で見守っていたミラが、覆いかぶさるように口を重ねてきたのだ。

「――ぷはっ、リアだけはずるい」

満足するまで堪能《たんのう》したミラは、身体を起こしてそう言い放った。朔はミラに微笑《ほほえ》みかけ、彼女の青く艶《あで》やかな髪を撫《な》でる。

「ミラもありがとね」

「ん」

くすぐったそうにするミラは頷《うなず》くと、スカートについたホコリを払いながら立ち上がり、朔に手を伸ばした。朔はその手を掴んで立ち上がる。

「行こうかって、うわっ⁉」

「クックーッ！」（パパーッ！）

「フゴゴッ！」（父上っ！）

今度はシンが朔の顔面に飛びつき、リトが背後から抱きついた。朔は二人をわしゃわしゃと撫《な》で回す。

「シンもリトもありがとね」

「クッ！」（あいっ！）

「フゴッ！」（はいですっ！）

ようやく立ち上がることができた朔だったが、後ろから声をかけられた。

「サク殿、やはりあなたは……」

「猊下《げいか》、私は勇者でも救世主でもありませんよ。あくまでも治癒師兼錬金術師ですからね」

あまりにも説得力に欠ける言葉だったが、カルドスにとっては、もはや朔が神の使徒であることに疑いようはなかった。彼は言葉を呑《の》み込み、一歩退がる。

「猊下《げいか》、ありがとうございます。リアもほら」

「ふぁい」

とろんとした顔のナタリアは朔に言われるがままに手を取り、立ち上がる。

そのとき、入り口の反対側の壁が崩れ、扉が現れた。

「行こう。ヒトミが待ってる」


朔が小部屋の扉をそっと押し開けると、そこは教室二つ分程度の広さがあり、中央ではヒトミがこちらに背を向けて、独りごとを言いながら何かを食べていた。

「それはじいちゃんの分だから食べていいって」

「……………うん。でもさ、ミコト様は食べたんでしょ？」

「……………だからさ、ボクの分だとしたら、ハニーは同じものを三食用意したりしないから」

「……………箸《はし》も三膳《さんぜん》用意されてたんだしさ。絶対じいちゃんのだから。だいたい、そんなに心配なら直接聞けばいいじゃん」

「……………え？　違ってたら恥ずかしい？　まったくもー。じゃあ、今後じいちゃんの分はわかるようにしといてもらうから、とにかくそれは食べちゃってよ。ボクはりんごと蜂蜜《はちみつ》入りのカレー食べてるから。うん。うん。じゃあまたね」

ヒトミは念話を切って、もぐもぐと食事を再開する。

（……念話の相手はアルス様か。ってか、念話してるのって端から見るとヤバいやつにしか見えないな。人が死にそうになってるときに、あいつは暢気《のんき》なもんだ。アルス様はアルス様で、あんなに真面目《まじめ》な話をした後に何やってんの？　そうだ、ちょっと驚かせてやろうかな）

朔は、ナタリアをミラに任せ、抜き足差し足でカレーに集中しているヒトミに近づいていく。しかし、朔とヒトミの距離があと少しとなったとき、彼女が急に振り向いた。

「そいっ！　……って、ハニーじゃん」

ヒトミは、朔の顔の前に突きつけたスプーンをカレー皿に戻す。

「よく気づいたな」

「空間把握《はあく》は優秀だからね。レベルが低いから認識はぼやけた感じだだし、距離も短いけどさ。もぐもぐ」

話をしながらカレーを食べるヒトミを、朔が若干呆《あき》れながら見ていると、彼の服がちょんちょんと引っ張られる。

「私も」

朔が振り返ると、ミラが無表情にカレーを見つめていた。

「……カレーね。ここには魔物もいないし、ご飯にしようか」

朔がアイテムボックスからテーブルなどを出して食事の準備を始めると、顔を綻《ほころ》ばせたミラがコククコクと頷《うなず》く。

「ん♪」

ゴーストがいない空間でしばらく過ごしたため、ナタリアもある程度復活した。

七人でカレーを食べているとき、朔がヒトミに尋《たず》ねる。

「そういえば、今七人いるけどどうする？　リアはこのダンジョンが無理みたいだし、先に戻ってもらってから、ヒトミのレベル上げをするか？」

「それなら大丈夫だよ。パワーレベリングは趣味じゃないし、ボクはナタリーとミラちゃんと大事な話をしながら三人で潜るから、ハニーたちは帰っていいよ」

ナタリアがヒトミの提案に身体を硬直させていると、カルドスが口を挟む。

「ヒトミ様、私はカルドスと申します。ヒトミ様は聖女であられますか」

「カルドスさん、ボクに様なんてつけないでよ。ボクはただのヒトミであって、それ以上でも以下でもないからね。むしろ神の使徒はハニーだよ」

（おいおいヒトミさんや、何を言ってくれてるのかな？）

ヒトミが使徒のことをバラすと、カルドスは朔の方をばっと振り向く。

「サク殿、やはりあなたは……」

「いや、俺は」

「大丈夫だって、ハニー。アルスじ、んんっ、アルス様が信用して話した人なんだから、ハニーも信用しなよ」

（じいちゃん呼ばわりするのを誤魔化《ごまか》して自分だけ逃げやがった！）

「もちろんですぞ！　実は、サク殿が神聖魔法を使えるという噂があったため、探りを入れるべきだという話が上がっていたのですが、私が握り潰《つぶ》してみせましょう！」

カルドスは、腕を曲げてぐっと力こぶを作り、にかっと笑った。対して朔は、心の中でため息をつく。

（はあ、もう好きにしてくれ）

食事と片づけが終わると、ヒトミが朔に向かって手を差し出してきた。

「ハニー、武器ちょーだい」

「ああ、どれでも使っていいぞ」

朔は、今までに作っていた刀剣類をアイテムボックスから出して、地面に並べる。ヒトミは、一つ一つを手に持って数回振ると、片刃の刀身が反った剣、つまり刀に近いものを選ぶ。

「うーん、まあこれでいいか」

「まあって、それ結構自信作なんだけど……」

ヒトミがあまり気に入っていない様子であったため、朔は少しショックを受けていた。さらに、ヒトミはばっさりと批評する。

「うん。綺麗《きれい》に作れてるし、バランスもいいんだけどさ。ハニーは鍛冶をやったことないからか、イメージがまだまだ甘いかな。質のいい鋳造品《ちゅうぞうひん》ではあるんだけど、同じ材料で造った鍛造品《たんぞうひん》には劣《おと》るね」

（ぐぬぬ）

朔がぐうの音も出せずにいると、ヒトミは笑顔で提案する。

「だからさ、この後はドワーフ王国に行こうよ」

「え？」

「そこで鍛冶の修業をしたら、もっといいものが作れるようになるよ♪」

さらに、ナタリアも頷《うなず》きながら、その案に賛同の意思を示す。

「私もそれがいいと思います。ジ……ヒトミさんのレベル上げは、途中のダンジョン都市で行いましょう」

「ナタリー、しれっと逃げようとしてもダメだよー。ハニーに除霊を付与してもらった剣を使えば、簡単に倒せるから、いけるいける♪」

ヒトミは、ナタリアを逃がすつもりはなかった。

このダンジョン以外でも、ゴースト系の魔物は稀《まれ》に出現するため、今回のようなことが起きないよう克服しておく必要があると思っていたからである。

朔はヒトミとナタリアにそれぞれ除霊を付与した刀とレイピアを数振り魔具作成（魔法付与）で準備し、ミラには除霊の魔法杖を渡す。

そのとき、ヒトミが何かを思いついたように声を上げた。

「……あ！　そういえば、お義母さんには早めに会いたいかも！」

「……ぶはっ！　お義母さんって、まさかオリヴィア老師のことか？」

「うん！　ハニーの保護者だからさ。婚約相手としては、ご挨拶《あいさつ》しとかないとねっ」

にぱっと笑うヒトミ。その姿を見た朔は、忘れてはいけなかったことに気がついた。

「そっか、そうだよな。じゃあ、今から行くか」

「え？」

「もう色々バレてるしな。この際、ついでだよ。ミラ、連絡してくれるか？」

「ん。任せて」

ミラはすぐに念話のネックレスに魔力を込める。表情を柔《やわ》らかくした彼女の様子で、朔には念話が老師と繋がったことが見て取れた。

「サク殿？　いったい何を？」

「猊下《げいか》、もうこの際なのでもう一つの秘密をお見せします。このダンジョン内で見たことはどうか全てご内密にお願いします。アイテムボックス」

「それはもちろんですが……」

アイテムボックスの黒い渦《うず》から突然馬車が出現したことに、カルドスは目を見開く。

「中に入りましょうか」

「あ、ああ」

朔はカルドスを馬車の中へと案内する。後部扉のステップに足をかけ、入り口から中を見たカルドスは再び驚愕《きょうがく》の表情で固まった。

「なっ⁉」

「はいはーい、カルドスさーん、後ろが詰まっちゃうから進んで進んでー」

「ヒトミ殿？」

ヒトミは躊躇《ためら》うカルドスの背中をぐいぐいと押し、皆も後に続いて中へと入る。朔は軽い説明を挟みながら、馬車の中を案内していき、彼らは朔の執務室の前へと辿《たど》り着いた。

朔は重厚な扉の鍵を開け、中へと入る。その扉には不釣り合いな、控えめで小綺麗《こぎれい》に整えられた執務室。朔はその中に敷いてある絨毯《じゅうたん》を捲《めく》る。

現れたのは金属製の扉だった。何重もの錠前がその中にあるものの重要性を伝え、カルドスの背中に冷や汗が流れる。

「暗いので足元にお気をつけください」

朔はランプ代わりに魔法の小火を灯し、扉の先にあった地下へと続く狭い階段を下りていく。

視界に映る三度目の頑強《がんきょう》な扉。その扉には朔の家紋である黒い新月と白い満月に加え、様々な文様が描かれていた。

この扉は押しても引いても動かない。持ち上げるのが正解なのだが、重力魔法によって重くしてあるため、生半可《なまはんか》な力ではビクともしないものになっていた。

万が一に備え、ある文様に魔力を通せば軽くなるという仕掛けがあるのだが、朔はそれを使わずに腰を落として扉に手をかける。

そして踏ん張り、全身の力を使って重い扉を持ち上げた。

朔が支えている間に扉をくぐり、カルドスは息を呑《の》む。

「ここは古代遺跡……を移設したのですか？　それに、これは龍の描かれた石版？」

「転移門です。皆、乗って。カルドスさんもどうぞ」

「転移門ですと⁉」

朔は全員が石版上に乗ったのを確認してから、転移門に魔力を込める。大量の魔力が充填《じゅうてん》され、やがて閾値《いきち》に達する。

「定点転移！」

黒い渦《うず》が朔たちを包み、消える。

朔が無駄な情熱をかけ、丹精込めて創作した、古代遺跡を模した神殿のような部屋は、カルドスを勘違いさせるという役割を果たし、再び静寂に包まれた。


一方、王都にあるオリヴィアの屋敷の地下基地では、ミラからの連絡を受けたオリヴィアが、転移門の前で朔たちを待ち構えていた。

やがて、転移門の前に出現する黒い渦《うず》。オリヴィアは立ち上がり、門の前に歩み寄る。

「まったく、伝説の魔法を気軽に使うんじゃないよ。まあ、おかえりと言っておこうか。それで、今度はどうしたんだい？」

「老師、ご報告したいことがあり、戻りました。ヒトミ、指輪を」

朔はオリヴィアに対して深々と頭を下げ、そばにいたヒトミに手を差し出した。

「え？　ちゃんと返してよ。ほい」

朔はその指から指輪を引き抜いた。

「当たり前だろ。…………ほら。これ、受け取ってくれるか？」

朔は鍛冶魔術を使い、指輪をヒトミの手に載せた。まじまじと指輪を見ていたヒトミはすぐにあることに気がつく。

「あ……。名前、彫ってくれたんだ」

「ああ。リアとミラにも申し込んだ王都で、ヒトミにも正式に申し込むよ。旅から戻ったら、俺と結婚してほしい」

「うん……うん！　もちろんだよっ！　ね、ハニー、指輪嵌《は》めて？」

指輪を受け取った朔は跪《ひざまず》き、差し出された左手の薬指に指輪を嵌《は》める。感激したヒトミは両手を胸の前で握りしめて涙ぐむ。朔はそんな彼女の頭を撫《な》でつつオリヴィアへと向き直った。

「ということで老師、三人目の婚約者のヒトミです」

「何が『ということで』だ。お前は旅に出て一ヶ月もしないうちに……ナタリアとミラは納得してるのかい？」

オリヴィアは後ろに控えているナタリアとミラに視線をやる。

彼女たちは朔とヒトミの横に並び、オリヴィアの問いかけに答える。

「はい。オリヴィア様」

「ん。ヒトミは許す」

オリヴィアはふうと短く息をつく。

「なら、なんの問題もないさね。ヒトミと言ったね。私はオリヴィア、馬鹿弟子が何かしでかしたら私に言いな」

「はい！　お義母さん、ありがとうございます！」

「ぶはっ！」

「オリヴィア様!?」

「ハニーの保護者で、ミフちゃんのお母さんでしょ？　ってか、ナタリーにとってもお義母さんじゃん！」

「ええと、オリヴィア様、お義母様とお呼びしても――」

「――ナタリア、お前はダメだよ」

にべもなく断られ、ガーンッといった表情で口をパクパクさせるナタリア。いくらオリヴィアとはいえ、はるかに年上のナタリアから母と呼ばれることには抵抗があった。

「婚約に関してはそれでいいさね。で、そちらにいるお方はまさか？」

まだ口を開けているナタリアを放置し、オリヴィアはカルドスへと視線を向け、朔に問いかけた。

「猊下《げいか》、猊下《げいか》」

朔は放心しているカルドスに耳打ちした。

「はっ……私は聖光教国枢機卿のカルドスと申します。失礼ですが、あなたはパストゥール王国が誇る錬金術師オリヴィア・フォン・モンフォール伯爵では？」

カルドスはどうにか取り繕《つくろ》い、うやうやしく述べた。

「これはこれは猊下《げいか》、お久しぶりでございますな。このようなむさ苦しい場所にようこそおいでくださいました。モンフォールでございます。今お茶の準備をいたしますので、少々お待ちを」

二人は直接話をしたことはないが、式典などでお互いのことを見知っていた。

オリヴィアは優雅に一礼し、和《なご》やかな表情で朔のもとへと向かう。

残されたカルドスは笑顔を貼りつけはしていたが、頭はまだ混乱から立ち直りきってはおらず、ぶつぶつと呟《つぶや》く。

「……モンフォール伯爵がいるということは、ここは本当にパストゥールの王都？　転移魔法が本当に存在したと？」

「カルドスさん、だからそう言ってるじゃん。まあ、ハニーがすることだし、気にしたら負けだよっ」

「ヒトミ殿……」

混乱するカルドスをヒトミが朗《ほが》らかにたしなめる。枢機卿であるカルドスに対して礼を失した物言いなのだが、彼にはそのようなことを気にする余裕などなかった。

一方のオリヴィアは朔の首根っこを掴み、炊事場へと向かう。

「……おい、馬鹿息子。何をやらかしてくれてる。なぜ、鉄拳枢機卿が転移門を通ってここにいる」

（鉄拳枢機卿⁉　ってか今……）

カルドスの渾名《あだな》も驚きだったが、オリヴィアから息子と呼ばれたことに、朔は思わず立ち止まり、彼女を見つめる。

「なに間抜け面を晒《さら》してるんだい？　お前は私の息子で、ミラも、ナタリアも、ヒトミも皆私の娘なんだろう？」

したり顔でにやりとオリヴィアは笑う。朔は、心が温かくなるのを感じながら、微笑《ほほえ》んだ。

「はい、オリヴィア義母さん――」

「――やっぱりお前もダメだ。身体中がむずむずするよ」

照れくささで、つっけんどんなことを言うが、オリヴィアの表情もまた緩《ゆる》んでいた。朔は口を開けて笑う。

「ははは、そうですね。まだ、私も老師の方がしっくりきます」

「そうしな。で、何があったんだい？」

「はい。最初から全て話しますね」

「ん。お客様のもてなしは私たちがする」

朔はミラに給仕を任せ、オリヴィアに伝えていなかった神に関することや、助言をしてくれていた神は本当のアルスではなく、ヒトミだったことなど全てを話した。

オリヴィアに告白した後、朔たちはカルドスも含めて小一時間ほど歓談した。

そして、教国に戻ろうと転移門に乗ったとき、オリヴィアが朔に尋《たず》ねる。

「それでサク、お前、これからどうするつもりだい？」

「どうする、とは？」

「本格的に使徒になったんだ。枢機卿の力をも借りて大々的に勇者にでもなるつもりかい？」

「まさか。使徒になろうがなるまいが、私ができることなんて二つだけですよ」

「二つ？」

「皆を守るため、皆と幸せな時間を過ごすため、私はこれからも――」

言葉を紡《つむ》ぐ朔の頭には、今まで世話になった人々、護衛や家臣になった者たち、ラッキーフラワーの顔が浮かんでいた。

自然と頬《ほお》が緩《ゆる》んできた朔は、ナタリア、ミラ、ヒトミ、シン、リトの顔を見回し、屈託《くったく》のない笑みを浮かべてオリヴィアに告げる。

「――魔法も生産も頑張《がんば》ります！」

fin

チートなタブレットを持って快適異世界生活 1・2

AUTHOR
ちびすけ
CHIBISUKE

アプリのおかげで超快適な異世界ライフ!!

鑑定、買い物だけじゃなく
キケンな魔獣も楽々ペットに!

［第12回］
アルファポリス
ファンタジー小説大賞
特別賞
受賞作!

家でネットショッピングをしていた青年・山崎健斗は、
気が付くと、いかにもファンタジーな街中にいた……
タブレットを持ったまま。周囲の様子から、どうやら異世界に来てしまったらしいと気付いたケント。さらにタブレットを操作してみると、アイテムや人間の情報が見えたり、地球のものを買えたりするアプリを使えることが判明した。雑用係として冒険者パーティ『暁』に加入した彼だったが——
チートアプリ満載のタブレットのおかげで家事にサポートに大活躍!?

●各定価:本体1200円+税　　●Illustration:ヤミーゴ

1~4巻好評発売中！

謎のヒビ割れに吸い込まれ、0歳の赤ちゃんの状態で異世界転生することになった青年、レイト。王家の跡取りとして生を受けた彼だったが、生まれながらにして持っていた職業「支援魔術師」「錬金術師」が異世界最弱の不遇職だったため、追放されることになってしまう。そんな逆境にもめげず、鍛錬を重ねる日々を送る中で、彼はある事実に気付く。「支援魔術師」「錬金術師」は不遇職ではなく、他の職業にも負けない秘めたる力を持っていることに……！ 不遇職を育成して最強職へと成り上がる！ 最弱職からの異世界逆転ファンタジー、開幕！

◉各定価：本体1200円＋税 ◉Illustration：しゅがお

待望の
コミカライズ！
好評発売中！

◉漫画：南条アキマサ
◉B6判 定価：本体680円＋税

名門貴族の三男・ウィルは、魔法が使えない落ちこぼれ。幼い頃に父に見限られ、亜人の少女たちと別荘で暮らしている。世間では亜人は差別の対象だが、獣人に救われた過去を持つ彼は、自分と対等な存在として接していた。それも周囲からは快く思われておらず、『変わり者』と呼ばれている。そんなウィルも十八歳になり、家の慣わしで領地を貰うのだが……そこは領民が一人もいない劣悪な荒野だった！　しかし、親にも隠していた『変換魔法』というチート能力で大地を再生。仲間と共に、辺境に理想の街を築き始める！

◉各定価：本体1200円＋税　◉Illustration：riritto

『収納』は異世界最強です
正直すまんかったと思ってる
1・2
俺を勇者召喚した国は怪しさ満点だし、
『収納』だけの出来損ない勇者になったし……
よし、逃げよう
農民 Noumin
ありがちな収納スキルが大活躍!?
異世界逃走ファンタジー!
少年少女四人と共に勇者召喚された青年、安堂彰人。召喚主である王女を警戒して鈴木という偽名を名乗った彼だったが、勇者であれば『収納』以外にもう一つ持っている筈の固有スキルを、何故か持っていないという事実が判明する。このままでは、出来損ない勇者として処分されてしまう——そう考えた彼は、王女と交渉したり、唯一の武器である『収納』の誰も知らない使い方を習得したりと、脱出の準備を進めていくのだった。果たして彰人は、無事に逃げることができるのか!?
◆各定価:本体1200円+税　◆Illustration:おっweee

この作品に対する皆様のご意見・ご感想をお待ちしております。

おハガキ・お手紙は以下の宛先にお送りください。

【宛先】

〒150-6008 東京都渋谷区恵比寿4-20-3 恵比寿ｶﾞｰﾃﾞﾝﾌﾟﾚｲｽﾀﾜｰ 8F
（株）アルファポリス　書籍感想係

メールフォームでのご意見・ご感想は右のＱＲコードから、
あるいは以下のワードで検索をかけてください。

アルファポリス　書籍の感想　検索

ご感想はこちらから

本書はWebサイト「アルファポリス」（https://www.alphapolis.co.jp/）に投稿されたものを、改稿、加筆のうえ、書籍化したものです。


神様のヒントでキャラメイク大成功！

魔法も生産も頑張ります！３

まるぽろ

2020年 7月30日初版発行

編集－加藤純
編集長－太田鉄平
発行者－梶本雄介
発行所－株式会社アルファポリス
〒150-6008 東京都渋谷区恵比寿4-20-3 恵比寿ｶﾞｰﾃﾞﾝﾌﾟﾚｲｽﾀﾜｰ8F
TEL 03-6277-1601（営業） 03-6277-1602（編集）
URL https://www.alphapolis.co.jp/
発売元－株式会社星雲社（共同出版社・流通責任出版社）
〒112-0005 東京都文京区水道1-3-30
TEL 03-3868-3275
装丁・本文イラスト－あれっくす
装丁デザイン－ansyyqdesign（annex）
印刷－図書印刷株式会社

価格はカバーに表示されてあります。
落丁乱丁の場合はアルファポリスまでご連絡ください。
送料は小社負担でお取り替えします。
©Maruporo 2020.Printed in Japan
ISBN978-4-434-27621-7 C0093